На берегу Рио-Пьедра села я и заплакала

София
2003

Пауло Коэльо

На берегу Рио-Пьедра села я и заплакала

УДК 821.134.3
ББК 84(70Бр)
К76

К76 **Коэльо Пауло**
На берегу Рио-Пьедра села я и заплакала
Перев. с португ. — К.: «София»; М.: ИД «София», 2003. — 224 с.

«На берегу Рио-Пьедра...» — первый из романов трилогии «В день седьмой», куда входят также «Вероника решает умереть» и «Дьявол и сеньорита Прим». Все три рассказывают об одной неделе из жизни молодых женщин, внезапно оказавшихся перед вызовом, на который надо ответить незамедлительно.

«Несчастен тот, кто страшится идти на риск. Вероятно, он не ведает разочарований и не страдает — в отличие от тех, кто мечтает и стремится претворить мечту в явь. Но когда он обернется — а обернется он непременно, ибо это присуще каждому из нас, — то услышит, как говорит ему сердце: "Что сделал ты с теми чудесами, которыми Бог так щедро усеял твои дни, досуги твои и труды? Как употребил ты таланты, которые вверил тебе твой Наставник? Зарыл поглубже, потому что боялся потерять? Что ж, отныне достоянием твоим будет лишь уверенность в том, что жизнь свою ты промотал и растратил, расточил и рассеял"».

Перевод с португальского А. Богдановского

ISBN 5-9550-0099-2

И оправдана премудрость
всеми чадами ее.

Лк 7:35

Посвящается

И.С. и С.Б., чье дружеское участие
открыло мне женскую сторону
Божьего лика;

Монике Антунес, сопутствующей мне
с первого часа жизни, с любовью
и воодушевлением распространяющей
огонь по миру;

Пауло Рокко — за радость тех битв,
где мы были союзниками,
и за достоинство тех боев,
где были противниками;

Мэттью Лору — за то, что
не позабыл мудрых слов И Цзина:
«Упорство — благоприятно».

ОТ АВТОРА

Некий испанский миссионер повстречал на острове троих ацтекских жрецов.

— Как вы молитесь? — спросил их священник.

— Молитва у нас одна, — отвечал ему старший. — И звучит она так: «Господи, ты триедин, и нас трое. Помилуй нас».

— Славная молитва, — сказал на это миссионер. — Да только это не совсем то, к чему склоняет слух Господь. Давайте-ка я вас научу другой молитве, гораздо лучше.

Научил их католической молитве и отправился дальше проповедовать слово Божье. А несколько лет спустя, когда он возвращался к себе в Испанию, случилось так, что корабль его проплывал мимо того самого острова. С верхней палубы заметил миссионер троих жрецов на берегу и помахал им рукой.

В тот же миг они по водам направились к кораблю.

— Падре! Падре! — закричал один из них, подойдя совсем близко. — Мы не смогли запомнить ту молитву, которой внемлет Господь! Научи нас ей заново!

— Это неважно, — сказал миссионер, ставший свидетелем чуда. И попросил у Бога прощения за то, что сразу не понял — Он говорит на всех языках.

Эта притча наилучшим образом объясняет, о чем пойдет речь в книге «На берегу Рио-Пьедра села я и заплакала». Мы редко отдаем себе отчет в том, что Необыкновенное — вокруг нас. Рядом с нами творятся чудеса, небесные знамения указывают нам путь, ангелы просят услышать их, однако мы не замечаем этого, накрепко затвердив, что для того, чтобы прийти к Богу, надо исполнить определенные правила, произнести определенные формулы. Мы не понимаем — какие врата мы откроем для Него, теми Он и войдет.

Традиционные религиозные обряды важны, ибо помогают нам разделить с другими чувство общности, которое возникает, когда люди вместе свершают таинство, вместе возносят молитву, вместе отправляют богослужение. Но нельзя при этом забывать, что духовный опыт есть прежде всего *практический* опыт Любви. А в Любви правил не существует. Можно попытаться штудировать учебники, обуздывать душевные порывы, выработать стратегию поведения —

все это вздор. Решает сердце, и лишь им принятое решение важно и нужно.

Такое бывало в жизни каждого из нас. Каждый из нас в тот или иной миг твердил, обливаясь слезами: «Эта любовь не стоит моих страданий». Мы страдаем оттого, что нам кажется, будто даем больше, чем получаем. Мы страдаем оттого, что наша любовь не признана, не узнана. Мы *не смогли ввести собственные правила*, вот и страдаем.

И напрасно. Ибо в любви заложено зерно нашего духовного роста. Чем больше мы любим, тем ближе к постижению духовного опыта. Истинно просвещенные люди — те, чьи души были воспламенены Любовью, — одолевали все предрассудки своего времени. Они пели, смеялись, молились вслух, плясали, они творили то, что апостол Павел назвал «священным безумием». Они были веселы — ибо любящему покоряется мир и неведом страх потери. Истинная любовь — это когда отдаешь себя всего без остатка.

«На берегу Рио-Пьедра села я и заплакала» — книга о том, как это важно. Пилар и ее друг — персонажи вымышленные, и они же символизируют многие конфликты, которые сопровождают нас в поисках Иного Края. Рано или поздно каждому из нас придется преодолеть свои страхи — ибо духовная стезя пролегает через повседневный опыт любви.

Монах Томас Мертон сказал как-то: «Духовная жизнь сводится к любви. Любят не потому, что хотят сотворить благо, или помочь кому-либо, или оберечь и защитить кого-то. Когда мы поступаем таким образом, то рассматриваем нашего ближнего всего лишь как объект, а себя — как людей, одаренных благородством и мудростью. Это не имеет с любовью ничего общего. Любить — значит причаститься другого человека и обнаружить в нем искорку Божьего огня».

Пусть же слезы Пилар, пролитые на берегу Рио-Пьедра, укажут нам путь к этому причащению.

НА БЕРЕГУ РИО-ПЬЕДРА

Села я и заплакала. Если верить преданию, все, что попадает в воды этой реки — листья, насекомые, птичьи перья, — со временем превращается в камни, устилающие ее русло. Ах, если бы я могла вырвать сердце у себя из груди, вырвать и бросить его на стремнину, чтобы не было больше ни муки, ни тоски, ни воспоминаний.

На берегу Рио-Пьедра села я и заплакала. Зимний холод заставил меня ощутить слезы на щеках, и слезы эти перемешивались с ледяными водами, катившимися передо мной. Где-то эта река соединяется с другой, потом с третьей, и так до тех пор — но уже вдалеке от глаз моих и сердца, — пока все эти воды не перемешаются с морской водой.

Пусть же воды ее унесут прочь смешавшиеся с ними слезы, чтобы любовь моя не знала, что однажды я оплакивала ее. Пусть воды ее унесут прочь смешавшиеся с ними слезы, чтобы я смогла забыть Рио-Пьедра, монастырь, церковь на отрогах Пиренеев, туман и дороги, по которым шли мы вместе.

Я позабуду дороги, горы и поля, которые видела во сне — и сны эти снились мне, только я об этом не знала.

Но я помню тот чудесный миг, когда простое «да» или «нет» могло изменить все наше бытие. Кажется, что это было так давно, а между тем всего неделю назад я снова встретила *его* — и снова потеряла.

На берегах Рио-Пьедра я написала эту историю. Руки мои заледенели, ноги онемели от неудобной позы, и я все время порывалась бросить, остановиться.

— Постарайся просто жить. Оставь воспоминания старикам, — говорил он.

Быть может, это любовь старит нас прежде времени, и она же возвращает давно миновавшую юность. Но как же не вспоминать эти мгновения? Я и пишу затем, чтобы глухую тоску переплавить в светлую печаль, одиночество — в воспоминания. Чтобы, дорассказав самой себе эту историю, швырнуть ее в реку — так сказала мне женщина, у которой я нашла приют. И тогда — вспомним слова святой — вода погасит написанное огнем.

Все истории о любви похожи одна на другую.

Мы вместе росли, вместе выросли. Потом он уехал из отчего края, ибо все юноши рано или поздно покидают родное захолустье. Сказал, что хочет посмотреть мир и что мечты его простираются дальше полей Сории.

Несколько лет я ничего о нем не знала. Лишь изредка приходило от него письмецо — и все на этом, ибо в рощи и на улочки нашего детства он не вернулся никогда.

А я, окончив школу, уехала в Сарагосу — и там поняла: он был прав. Сория — маленький городок, а единственный знаменитый поэт, которого подарил он миру, говорил, что дорога создана, чтобы идти по ней*. Я поступила в университет, у меня появился жених. Стала готовиться к открытому конкурсу, победить на котором мне так и не пришлось. Работала продавщицей, чтобы платить за ученье, провалилась на конкурсе, отказала жениху.

А между тем письма от него теперь приходили чаще, и, глядя на чужестранные марки, я испытывала зависть. Вот, думала я, друг мой стал старше, он все познал, он объездил весь мир, он отрастил себе крылья, я же все пытаюсь пустить корни.

Пришло время, когда в письмах своих, отправленных из одного и того же французского городка, он все чаще стал упоминать о Боге. Как-то раз он сообщил, что хочет поступить в семинарию, посвятить себя молитве и проповеди. В ответном письме я попросила его подождать с этим и еще хоть немного насладиться свободой, а уж потом совершить столь серьезный шаг.

---

* Имеется в виду Антонио Мачадо (1875—1939), творчество которого связано с Сорией. — *Прим. перев.*

Перечла и решила порвать письмо — кто я такая, чтобы рассуждать о свободе или о пострижении? То и другое ведомо ему, а не мне.

А спустя еще какое-то время я услышала, что он читает лекции, и удивилась — он ведь слишком молод, чтобы учить других. Но через две недели он написал мне, что будет читать лекцию в Мадриде и очень просит меня приехать.

И четыре часа я ехала из Сарагосы в Мадрид, потому что хотела вновь увидеть его. Хотела слышать его голос. Хотела посидеть с ним в кафе, вспомнить те времена, когда мы играли вместе, когда нам казалось: мир так велик, что его не объездишь, не постигнешь.

Суббота, 4 декабря 1993

А на лекцию собралось гораздо больше народу, чем я предполагала, да и обстановка была куда торжественней и строже. И я не понимала, как же это так получилось.

«Быть может, он успел прославиться», — подумала я. Он ничего не говорил об этом в своих письмах. Мне захотелось поговорить с теми, кто сидел в зале, спросить, что привело их сюда, — но я не отважилась.

Я удивилась, увидев его. Он был совсем непохож на паренька, которого я знавала когда-то, да и немудрено: одиннадцать лет — срок изрядный, было время перемениться. Он стал красивей, глаза его сияли.

— Он возвращает нам наше, — произнесла женщина, сидевшая слева от меня.

Странные слова.

— Что возвращает? — спросила я.

— То, что было у нас украдено. Веру.

— Нет, не возвращает, — возразила моя соседка справа, она была помоложе. — Нельзя вернуть то, что и так принадлежит нам.

— В таком случае зачем же вы сюда пришли? — раздраженно осведомилась первая женщина.

— Хочу послушать его. Мне интересно, о чем они думают теперь. Было время, когда они сжигали нас на кострах. Быть может, им кажется — мало?

— Это одинокий голос, — сказала первая. — Он делает что может.

Вторая насмешливо улыбнулась и, оборвав разговор, отвернулась.

— Для семинариста он ведет себя очень отважно, — продолжала первая, обращаясь теперь ко мне и у меня ища поддержки.

Но я ничего не понимала и промолчала. А молодая подмигнула мне — как сообщнице, как союзнице.

Но молчала я оттого, что мысли мои были заняты другим. Я думала о том, что сказала первая женщина.

«Семинарист».

Не может быть. Он бы предупредил меня.

Он начал говорить, а мне никак не удавалось сосредоточиться. «Надо было одеться понарядней», — думала я, сама не понимая, почему меня это так заботит. Он заметил меня в зале, и я пыталась отгадать, о чем он думает, нравлюсь ли я ему. Должно быть, большая разница существует между мной тогдашней и нынешней — тогда мне было восемнадцать, теперь — двадцать девять.

Голос его совсем не изменился. Но произносил он совсем иные слова.

Необходимо рисковать. Чудо жизни можно постигнуть в полной мере, лишь когда мы будем готовы к тому, что случится нежданное.

Каждый день Бог посылает нам — вместе с солнцем — возможность изменить все то, что делает нас несчастными. И каждый день мы пытаемся притвориться, будто не замечаем этой возможности, будто ее не существует вовсе, будто сегодня — во всем подобно вчера и неотличимо от завтра. Но тот, кто всмотрится в свой день внимательно, найдет этот волшебный миг. Он может таиться в том часе, когда мы отпираем дверь, ведущую в завтра, или в безмолвном мгновении, настающем после ужина, или в тех тысячах мелочей, которые кажутся нам неотличимыми друг от друга. Существует этот миг — миг, когда сила звезд проникает в нас и позволяет нам творить чудеса.

Да, счастье иногда нисходит к нам как благодать, но гораздо чаще — это победа и преодоление. Волшебный миг помогает нам преобразиться и отправиться на поиски наших мечтаний. Да, на этом пути нас ждут горести и муки, страдания и лишения, нам встретится множество разочарований, — но все это преходяще и не оставляет следов. И в грядущем мы сможем обернуться назад с гордостью и верой.

Несчастен тот, кто страшится идти на риск. Вероятно, он не ведает разочарований и краха иллюзий, не страдает — в отличие от тех, кто мечтает и стремится претворить мечту в явь. Но когда он обернется — а обернется он непременно, ибо это присуще каждому из нас, — то услышит, как говорит ему сердце: «Что сделал ты с теми чудесами, которыми Бог так щедро усеял твои дни, досуги твои и труды? Как употребил ты таланты, которые вверил тебе твой Наставник? Зарыл поглубже, потому что боялся потерять? Что ж, отныне достоянием твоим будет лишь уверенность в том, что жизнь свою ты промотал и растратил, расточил и рассеял».

Несчастен тот, кто слышит такие слова. Несчастен, ибо теперь он уверует в возможность чуда, но волшебные мгновения уже не вернутся.

Когда он закончил лекцию, люди со всех сторон окружили его. Я ждала поодаль, напряженно размышляя над тем, какое впечатление произведу на него после стольких лет разлуки. Я чувствовала себя маленьким ребенком — робеющим, ревнующим его к новым, незнакомым мне друзьям, я страдала, потому что другим он уделял внимания больше, чем мне.

Но вот он приблизился. Кровь прихлынула к его щекам, и я увидела перед собой не взрослого мужчину, минуту назад толковавшего о таких важных предметах, а того мальчика, который когда-то, спрятавшись со мною вместе в часовне Святого Сатурия, рассказывал о мечте обойти весь свет — а наши родители меж тем звонили в полицию, боясь, что мы утонули во время купания.

— Здравствуй, Пилар, — сказал он.

Я поцеловала его. Я могла бы сказать что-нибудь лестное о его выступлении и о том, что мне как-то не по себе среди такого множества людей. Я могла бы вспомнить какой-нибудь забавный случай из времен нашего детства и признаться, что горжусь, видя, какое восхищение вызывает он у других, у посторонних.

Я могла бы объяснить, что должна бежать со всех ног — иначе пропущу последний ночной автобус на Сарагосу.

Могла бы. Никогда не сумеем мы понять значение этих слов. Ибо в каждое из мгновений нашей жизни может произойти нечто — может произойти, но не происходит. Существуют волшебные мгновения, но они остаются и проходят неузнанными, и тут внезапно рука судьбы меняет наш мир.

Именно так и случилось тогда. Вместо всего того, что я могла бы сказать, я произнесла лишь два слова, которые — неделю спустя — привели меня на берег этой реки, заставили написать эти строки.

— Выпьем кофе? — вот что я тогда сказала.

И, обернувшись ко мне, он не оттолкнул протянутую ему руку судьбы.

— Мне так нужно поговорить с тобой. Завтра у меня лекция в Бильбао. Я на машине. Едем?

— Я должна вернуться в Сарагосу, — ответила я, не зная, что это был единственный выход.

Но в следующую долю секунды, оттого ли, что вновь вернулась в детство, или оттого, что не мы пишем лучшие мгновения нашей жизни, я сказала:

— Но, впрочем, будут выходные по случаю праздника Непорочного Зачатия. Я могу поехать с тобой в Бильбао и вернуться в Сарагосу оттуда.

Реплика моей соседки по поводу «семинариста» не давала мне покоя, и он, как видно, заметил это.

— Ты о чем-то хочешь меня спросить?

— Хочу, — ответила я, попытавшись слукавить. — Перед лекцией какая-то женщина в зале сказала, что ты возвращаешь принадлежащее ей.

— Это неважно.

— Для меня важно, — возразила я. — Я ведь ничего не знаю о тебе, о твоей жизни, я была поражена, увидев, сколько народу явилось послушать тебя.

Засмеявшись, он обернулся к другим и уже готов был вступить с ними в беседу.

— Погоди, — сказала я, удерживая его за руку. — Ты не ответил мне.

— Поверь, Пилар, тебе это будет не слишком интересно.

— Так или иначе, я хочу знать.

Он глубоко вздохнул и отвел меня в угол зала.

— Все три великие религии, в основе которых лежит единобожие, — иудаизм, христианство, ислам —

SGOMBERI
PICCOLI TRASPORTI
TRASLOCHI
PREVENTIVI GRATUITI
8070616
WAY DOWN ONLY

это мужские религии. Священнослужители — мужчины. Мужчины устанавливают законы, мужчины исполняют обряды.

— Но что же имела в виду та дама в зале?

Он замялся, помедлил, но все же ответил:

— Что я вижу порядок вещей по-другому. Что верю в женский лик Господа.

Я вздохнула с облегчением — моя соседка ошибалась. Он не мог быть семинаристом, ибо семинаристам не дано видеть порядок вещей по-другому.

— Исчерпывающее объяснение, — ответила я.

У дверей меня поджидала та самая девушка, что подмигнула мне в зале.

— Я знаю, что мы с тобой исповедуем одну и ту же веру, — сказала она. — Меня зовут Брида.

— О чем ты? Не понимаю.

— Прекрасно понимаешь, — рассмеялась она.

И, прежде чем я успела что-нибудь объяснить, схватила меня за руку и вытащила наружу. Вечер был довольно теплым, но не на улице же мне оставаться до утра, а где переночевать, я не знала.

— Куда мы? — спросила я.

— К изваянию Богини, — прозвучало в ответ.

— Мне бы найти какой-нибудь недорогой отель.

— Я все тебе потом объясню.

Я бы предпочла зайти в кафе, поговорить, разузнать о нем как можно больше. Но спорить не стала и, когда она повела меня по Пасео-де-Кастельяна, послушно шла рядом и только вертела головой, рассматривая Мадрид, где никогда до этого не бывала.

Посреди проспекта она остановилась и показала на небо.

— Вот она!

Меж голых ветвей сияла полная луна.

— Красиво, — заметила я.

Но девушка, не слушая меня, раскинула руки крестом, повернула ладони вверх, закинула голову к небу и замерла.

«Куда меня занесло, — подумала я. — Слушала лекцию, потом оказалась на Пасео-де-Кастельяна вместе с этой полоумной, а завтра еду в Бильбао».

— Зеркало Богини Земли, — заговорила девушка, не открывая глаз. — Научи нас осознавать наше могущество, сделай так, чтобы мужчины нас понимали. Ты, рождающаяся, блистающая, умирающая и воскресающая в небесах, указываешь нам путь от семени к плоду.

Она простерла руки к небесам и надолго застыла в этой позе. Прохожие глядели на нее, посмеивались, но она не обращала на них никакого внимания, зато я готова была сгореть со стыда, что оказалась рядом с ней.

— Я должна была сделать это, — произнесла она, отдав все почести луне. — Теперь Богиня защитит нас.

— О чем ты, скажи наконец толком!

— О том же, о чем говорил твой друг, но только истинными словами.

И я пожалела, что не старалась понять смысл лекции и теперь не знаю, о чем там шла речь.

— Мы знаем, что у Бога — женский лик, — сказала девушка, когда мы двинулись дальше. — Мы, женщины, которые понимают и любят Великую Мать. Нам дорого обошлось наше знание — нас преследовали и жгли на кострах — и все-таки мы сумели выжить. И теперь нам внятен смысл ее тайн.

Костры. Ведьмы.

Я вгляделась в лицо моей спутницы: красивая, распущенные рыжие волосы спускаются до лопаток.

— Мужчины уходили на охоту, мы оставались в пещерах, во чреве Матери, и растили детей, — продолжала она. — И там Великая Мать обучила нас своей науке.

Мужчина живет в движении, мы пребывали во чреве Матери. И потому поняли, как семя дает росток, и предупредили наших мужчин. Мы испекли первый хлеб и накормили их. Мы слепили из глины первую чашу и напоили их. Мы поняли цикл творения, потому что наша плоть живет, повторяя череду лунных фаз. Гляди, вот она! — внезапно перебила она себя.

Я взглянула в ту сторону, куда она показывала. В центре площади, со всех сторон обтекаемой потоками машин, стоял фонтан, украшенный скульптурой — женщина на колеснице, запряженной львами.

— Это площадь Кибелы, — похвасталась я тем, как знаю Мадрид. Я десятки раз видела эту скульптуру на почтовых открытках.

Но девушка не слушала меня. Она была уже посреди улицы и, лавируя между машинами, бежала к фонтану.

— Идем! Идем! — кричала она, маша мне рукой.

Я решила последовать за ней хотя бы для того, чтобы спросить название отеля. От всего этого сумасшествия я устала и теперь хотела выспаться.

У фонтана мы оказались почти одновременно: я — с колотящимся сердцем, она — с улыбкой на устах.

— Вода! — воскликнула она. — Вода — вот ее проявление!

— Пожалуйста, скажи мне название какого-нибудь дешевого отеля.

Она погрузила обе руки в чашу фонтана.

— Сделай так же, — сказала она мне. — Прикоснись к воде.

— Да ни за что на свете. Но тебе не хочу мешать — пойду поищу место для ночлега.

— Еще минуту!

С этими словами она вытащила из сумочки маленькую флейту и поднесла ее к губам. Музыка, как мне показалось, произвела гипнотическое действие — шум машин отдалился, сердце мое забилось ровно. Присев у фонтана, слушая лепет воды и песенку флейты, я не сводила глаз с лунного диска, плывшего над нами. Что-то подсказывало мне, — хоть я и сознавала это не вполне отчетливо, — что там, в небесах, пребывает какая-то частица моей женской сути.

Не знаю, как долго звучала флейта. Оборвав мелодию, девушка повернулась к фонтану.

— Кибела, — сказала она. — Еще одно проявление Великой Матери. Кибела управляет ростом колосьев в поле, оберегает города, возвращает женщину на стезю священнослужения.

— Кто ты? — спросила я. — Зачем попросила меня пойти с тобой?

Она обернулась:

— Я — именно то, что ты думаешь. Я исповедую религию Земли.

— Зачем я тебе понадобилась? — настаивала я.

— Я читаю по твоим глазам. И сердце твое для меня — открытая книга. Ты будешь пылко и страстно любить. И страдать.

— Я?

— Ты знаешь, о ком я говорю. Я видела, как он смотрел на тебя. Он любит тебя.

Да, конечно, я имею дело с сумасшедшей.

— Потому я и позвала тебя с собой, — продолжала она. — Он — значителен и важен. Он, хоть и болтает ерунду, по крайней мере признает культ Великой Матери. Нельзя допустить, чтобы он пропал. Помоги ему.

— Ты сама не знаешь, что говоришь. Ты запуталась в своих фантазиях, — говорила я, снова лавируя между автомобилями и твердя про себя, что никогда больше не стану думать над словами этой женщины.

Воскресенье, 5 декабря 1993

Мы остановились выпить кофе.

— Жизнь многому тебя научила, — сказала я, пытаясь поддержать разговор.

— Прежде всего тому, что мы способны к постижению и обладаем даром изменения, — ответил он. — Даже если это и кажется невозможным.

Тем наша беседа и кончилась. До этого в течение почти двух часов пути, пока не остановились у придорожного бара, мы почти не разговаривали.

Поначалу я пыталась вспоминать наше с ним детство, но он не проявил к этому интереса и явно отвечал только из вежливости. Он даже не очень-то и слушал меня и спрашивал о том, что я уже успела рассказать.

Что-то с самого начала пошло не так. Может быть, время или расстояние непоправимо отдалили его от моего мира. «Он говорит о волшебных мгновеньях, — подумала я. — А в чем разница между теми дорогами, которыми шли Кармен, святой Иаков или Мария?» Да, он живет теперь в другом мире, Сория превратилась в воспоминание — размытое временем, застрявшее в прошлом: его друзья детства так в детстве и остались, а старики, если еще живы, заняты тем же, чем и двадцать девять лет назад.

2 – 9166

Я уже раскаивалась, что согласилась поехать с ним. Когда же в этом баре он вновь оборвал разговор, я решила не возобновлять его.

Те два часа, что оставалось ехать до Бильбао, были для меня сущей пыткой. Он смотрел на дорогу, я глядела в окно, и никто из нас даже не пытался скрыть дурное настроение. В автомобиле, взятом напрокат, не было радио, и нечем было заглушить гнетущее молчание.

— Давай спросим, где здесь автобусная станция, — сказала я, когда мы съехали со скоростной магистрали. — Отсюда в Сарагосу регулярно ходят экспрессы.

Было время сиесты, и на улицах людей встречалось мало. Мы проехали мимо какого-то мужчины, мимо юной парочки, но он не притормозил, не спросил.

— Ты что — знаешь, где это? — не выдержала я.

— Что «это»?

Он по-прежнему не слушал и не слышал меня.

И внезапно я поняла, что означает это молчание. О чем ему говорить с женщиной, так и не отважившейся выйти в мир? Что за удовольствие — шагать рядом с человеком, обуянным страхом перед неизведанным и неведомым, с человеком, всему на свете предпочитающим хорошую службу и удачное замужество? А я —

о, горе мне! — пыталась говорить с ним о прежних друзьях, о покрывшихся пылью воспоминаниях, о захолустном городишке. А о чем еще я могла бы говорить?

— Вот здесь ты меня и высадишь, — сказала я, когда мы, судя по всему, добрались до центра. Я изо всех сил старалась, чтобы голос мой звучал непринужденно, но на самом деле чувствовала себя глупой, инфантильной, докучной.

Он не остановил машину.

— Мне надо найти автобусную станцию и вернуться в Сарагосу, — упорствовала я.

— Я никогда не бывал здесь. Я не знаю, где находится мой отель. Не знаю, где будет лекция. И где автобусная станция — тоже не знаю.

— Найду, не беспокойся.

Он сбросил скорость, но не притормозил.

— Мне бы хотелось...

Дважды он начинал, но так и не сумел окончить фразу. Я могла лишь догадываться о том, чего бы ему хотелось — поблагодарить, что я составила ему компанию, передать привет общим знакомым и — таким вот способом — отделаться от неприятных ощущений.

— Мне бы хотелось, чтобы ты сегодня вечером пошла со мной на лекцию, — наконец выговорил он.

Я растерялась. Быть может, он всего лишь пытается выиграть время, чтобы нарушить принужденное молчание, царившее в машине во все время пути?

— Мне бы очень хотелось, чтобы ты пошла со мной, — повторил он.

Да, конечно, я — провинциальная девчонка, конечно, в жизни моей не случалось ничего такого захватывающе интересного, о чем стоило бы рассказать, конечно, я лишена блеска и шарма, свойственных столичным женщинам. Но жизнь в провинции, хоть и не придает женщине элегантности или опыта, учит ее, как надо вслушиваться в голос сердца — как внимать ему и повиноваться.

И к моему удивлению, голос сердца шепнул мне, что мой спутник — искренен.

Я перевела дух. Разумеется, ни на какую лекцию я не пойду, но отрадно уже и то, что мой друг вроде бы возвращается ко мне, зовет меня в свои приключения, делит со мной и страхи, и радость побед.

— Спасибо за приглашение, — ответила я. — Но у меня нет денег на гостиницу, и потом я должна быть на занятиях.

— Деньги у меня есть. Переночуешь у меня. Попросим номер с двумя кроватями.

Я заметила, что он весь в испарине, несмотря на холодный день. Сердце мое стало подавать сигналы тревоги, а распознать причины ее мне было не под силу. Радость, несколько минут назад захлестнувшая меня, сменилась полной растерянностью.

Он вдруг резко остановил машину и поглядел мне прямо в глаза.

А когда тебе глядят в глаза, нельзя солгать, нельзя ничего утаить.

И любая женщина, если чувства в ней не вконец омертвели, по глазам мужчины поймет, что он охвачен страстью, — поймет, какой бы нелепостью ни казалось это, каким бы несвоевременным и неуместным ни было проявление ее. В тот же миг припомнились мне слова, произнесенные рыжеволосой девушкой.

Это было невозможно. Но это было так.

Никогда, никогда в жизни не подумала бы я, что он — спустя столько лет — еще помнит. Мы были детьми, мы вместе росли, мы, взявшись за руки, постигали мир. Я любила его — если, конечно, ребенку дано понять, что такое любовь. Но все это было так давно, осталось в какой-то другой, прежней жизни, когда сердце в невинности своей открывалось всему самому лучшему, что есть на свете.

А теперь мы повзрослели и научились отвечать за свои поступки. А то, что было в детстве, в детстве и осталось.

Я снова взглянула ему в глаза. Я не хотела или не могла поверить.

— Мне осталось прочесть только одну лекцию, а потом начнутся праздники в честь Пречистой Девы Непорочно Зачавшей. Мне надо съездить в горы, — продолжал он. — Мне надо кое-что показать тебе.

Этот блестящий человек, говоривший о волшебных мгновениях, стоял передо мной — и все делал не так, как надо: был и неуместно напорист, и вместе с тем недостаточно уверен в себе, и слишком торопил события, и делал какие-то путаные предложения. Мне было тяжко видеть его таким.

Я открыла дверцу, вышла, оперлась о капот. Долго смотрела на почти пустынный проспект. Закурила, попыталась не думать. Я могла бы притвориться, сделать вид, что ничего не понимаю, — попытаться убедить самое себя, будто речь идет о вещах невинных, будто и вправду друг детства предложил такое своей подружке. Может быть, он слишком много странствовал по свету и стал воспринимать действительность иначе.

Может быть, я все преувеличиваю.

Он выскочил из машины, присел со мною рядом.

— Мне бы хотелось, чтобы вечером ты пошла со мной на лекцию, — повторил он. — А не сможешь — ничего страшного, я не обижусь.

Готово! Мир совершил полный оборот и вернулся в исходную точку. Я все восприняла неправильно — вот он уже и не настаивает, вот он уже готов отпустить меня. Объятые страстью мужчины так себя не ведут.

Я чувствовала себя очень глупо и одновременно ощутила облегчение. Да, я могла бы остаться — хоть на день. Мы поужинали бы вместе и, быть может, даже выпили бы и охмелели немного, чего с нами никогда не случалось в детстве. Представлялся прекрасный случай забыть все те глупости, о которых я думала за несколько минут до этого, выпадала отличная возможность разбить ту ледяную корку, которая сковывала нас с самого Мадрида.

Один день погоды не делает. По крайней мере, будет что рассказать подругам.

— Номер с двумя кроватями, — сказала я словно бы в шутку. — И за ужин платишь ты, потому что я — бедная, хоть и не слишком юная студентка. Денег у меня нет.

Мы занесли чемоданы в номер, спустились и двинулись туда, где должна была состояться лекция. До начала ее еще оставалось время, и мы зашли в кафе.

— Я хочу тебе кое-что отдать, — и с этими словами он протянул мне маленький красный мешочек.

Я сейчас же открыла его. Внутри оказалась старая, заржавленная ладанка: с одной стороны — изображение Пресвятой Девы, с другой — Сердца Иисусова.

— Твоя, — сказал он, заметив мое удивление.

И сердце мое вновь охватила тревога.

— Однажды — дело было осенью, погода стояла такая же, как сейчас, и нам с тобой было, наверное, лет по десять — мы сидели на берегу, там, где растет большой дуб. Я хотел сказать тебе слова, которые, готовясь к этому разговору, твердил про себя много недель кряду. Но только начал, ты перебила меня, воскликнув, что потеряла свою ладанку, и попросила пойти поискать ее.

Я вспомнила. Боже мой, я вспомнила!

— И мне удалось найти ее. Но когда я вернулся на берег, у меня уже не хватило духа произнести то, к чему я готовился так долго, — продолжал он. — И я поклялся, что отдам тебе ладанку, лишь когда смогу договорить фразу, начатую в тот день, почти двадцать лет назад. Долго, очень долго я пытался выбросить ее из головы, но не тут-то было. Но больше я жить с нею не в силах.

Он отставил чашку, закурил и устремил неподвижный взгляд в потолок. Потом повернулся ко мне и сказал:

— Фраза очень простая.

Я люблю тебя.

Порою нас охватывает печаль, и справиться с ней мы не можем. Мы сознаем, что волшебное мгновенье этого дня минуло, а мы не воспользовались им. И тогда жизнь прячет от нас свою магию, свое искусство.

Надо прислушаться к голосу ребенка, которым ты был когда-то и который еще существует где-то внутри тебя. Ему дано постижение этих волшебных мгновений. Да, мы можем унять его плач, но заглушить его голос — нет.

Этот ребенок продолжает присутствовать. Блаженны несмысленыши, ибо их есть Царствие Небесное.

И если мы не сумеем родиться заново, если не сможем взглянуть на жизнь, как глядели когда-то — с детской невинностью и воодушевлением, — то и смысла в нашем существовании не будет.

Есть много способов совершить самоубийство. Те, кто пытаются убить плоть, нарушают закон, дарованный Богом. Но и те, которые покушаются на убийство души, также преступают Его закон — хотя глазам человеческим их преступление не столь заметно.

Прислушаемся к тому, что говорит нам ребенок, которого храним мы в своей груди. Не будем стыдиться, не станем стесняться его. Не допустим, чтобы он испугался — ибо он один, и голос его почти никогда не слышен.

Позволим ему — пусть хоть ненадолго — взять бразды нашего бытия. Этому ребенку ведомо, что один день отличен от другого.

Сделаем так, чтобы он вновь почувствовал себя любимым. Порадуем его — даже если для этого придется поступать вопреки тому, что вошло в привычку, даже если на посторонний взгляд это будет выглядеть по-дурацки.

Вспомним, что мудрость человеческая есть безумие перед Господом. Если мы прислушаемся к ребенку, живущему у нас в душе, глаза наши вновь обретут блеск. Если мы не утеряем связи с этим ребенком, не порвется и наша связь с жизнью.

Краски вокруг меня стали ярче; голос звучал громче, и громче звенело о стол донышко бокала.

Прямо после лекции целая компания — человек десять — отправилась ужинать. Все говорили одновременно, а я улыбалась — улыбалась потому, что этот вечер был совсем особенный. Впервые за многие годы все шло и получалось само собой, непреднамеренно и безотчетно.

Какое счастье!

Когда я решила ехать в Мадрид, все мои чувства, все поступки были под контролем. И вот — все изменилось. И вот — я здесь, в Бильбао, где никогда не бывала прежде, хоть он и находится в трех часах езды от моего родного городка. Я знаю только одного чело-

века из тех, кто сидит со мной за столом, но все обращаются ко мне так, словно знакомы сто лет. Я сама себе удивляюсь — потому что способна разговаривать, пить и веселиться не хуже, чем они.

Я оказалась здесь потому, что жизнь — внезапно — вручила меня Жизни. Я не чувствую ни страха, ни вины, ни стыда. Едва лишь оказавшись рядом с ним и услышав его голос, я убедилась в его правоте — есть мгновения, когда просто необходимо идти на риск, совершать безумные поступки.

«Сколько дней я провела впустую, корпя над книгами и тетрадками, совершая сверхчеловеческие усилия для того, чтобы купить свое собственное рабство, — подумала я. — Зачем я лезла вон из кожи, добиваясь этой работы? Что она прибавит мне как человеку, как женщине?»

Ничего. И неужели я родилась лишь затем, чтобы провести остаток жизни за канцелярским столом, помогая судьям вести процессы?

Должно быть, подобные мысли появляются, когда слишком много выпьешь. Ведь не сегодня придумано: «Кто не работает, тот не ест».

Это сон. И сейчас он кончится.

Но почему же он все длится? И впервые я подумала о том, что стоило бы уехать с ним в горы. В конце концов, начинаются каникулы — впереди целая неделя.

— Ты кто ему? — спросила меня красивая женщина за нашим столом.

— Мы дружили с ним в детстве, — отвечала я.

— Он и в детстве умел это?

— Что «это»?

Застольная беседа становилась все менее оживленной.

— Сама знаешь, — сказала она. — Творить чудеса.

— Он уже тогда умел хорошо говорить, — ответила я, сама толком не понимая, что говорю.

Все за столом рассмеялись — и он вместе со всеми, а я так и не поняла, что же их так развеселило. Но от выпитого вина я почувствовала себя свободней и не нуждалась в том, чтобы контролировать происходящее.

Я осмотрелась по сторонам, отпустила реплику по какому-то поводу, о котором через минуту забыла. И снова стала думать о каникулах.

Мне было хорошо сидеть здесь, мне было интересно. Мои новые знакомые вперемежку с обсуждением серьезных проблем перешучивались и острили, и мне казалось, будто все, что творится в мире, прямо касается меня. По крайней мере хоть на один вечер жизнь представала передо мной не на экране телевизора, не на газетных страницах.

Да, мне будет что рассказать, когда вернусь в Сарагосу. А если я приму его приглашение, воспоминаний и впечатлений хватит на целый год.

«Он был совершенно прав, что не обращал внимания на мои рассказы о Сории», — подумала я и к самой себе испытала жалость: уж сколько лет в ларчике моей памяти лежали одни и те же истории.

— Выпей еще, — и седоголовый мужчина наполнил мой стакан.

И я выпила, подумав о том, как, в сущности, мало смогу я рассказать своим детям и внукам.

— Я рассчитываю на тебя, — сказал он, понизив голос так, чтобы слышала его я одна. — Поедем во Францию.

Вино развязало мне язык:

— Только в том случае, если мы выясним одну вещь.

— Что именно?

— То, о чем ты говорил перед лекцией. В кафе.

— О ладанке?

— Нет, — ответила я, глядя ему прямо в глаза и изо всех сил стараясь выглядеть трезвой. — То, что ты мне сказал тогда.

— Хорошо, мы потом поговорим об этом, — сказал он, пытаясь сменить тему.

Объяснение в любви. Мы не успели тогда поговорить, но теперь я могла бы убедить его, что дело было именно так и никак иначе.

— Если хочешь, чтобы я с тобой поехала, ты должен меня выслушать.

— Но не здесь же. Здесь мы веселимся.

— Слишком рано уехал ты из Сории, — не сдавалась я. — Я — единственная ниточка, которая связывает тебя с отчизной. Именно она дает тебе силы идти вперед.

«И все на этом. И никакой любви в помине нет».

Он слушал меня молча, не перебивая. Но тут кто-то окликнул его, желая узнать его мнение, и наш разговор оборвался.

«Что ж, по крайней мере, я все прояснила», — сказала я самой себе. Такая любовь бывает лишь в сказках.

Потому что в реальной жизни любовь несбывшуюся мы любовью не считаем. Любви удается выжить, только когда существует надежда — пусть далекая, — что нам удастся покорить того, кого любим.

Все прочее — фантазии.

И, словно прочитав мои мысли, он крикнул мне через стол:

— Выпьем за любовь!

Он тоже немного охмелел. Я решила воспользоваться этой возможностью:

— За мудрецов, способных понять, что любовь порой — это детские глупости.

— Мудрец потому лишь и мудр, что любит. А дурак — потому и дурак, что считает, будто способен постичь любовь, — ответил он.

Сидевшие за столом услышали его, и в следующую минуту завязался оживленный спор о любви. У каждого была своя точка зрения, каждый защищал свою правоту зубами и ногтями, и потребовалось несколько бутылок вина, чтобы страсти улеглись. Тут кто-то спохватился, что уже поздно и хозяин собирается закрывать ресторан.

— Пять свободных дней! — крикнул кто-то с другого конца стола. — Если хозяин хочет закрыть ресторан, это потому, что ведете серьезные разговоры!

Все рассмеялись, все — кроме него.

— А где, по-твоему, следует говорить о серьезном? — спросил он у крикнувшего.

— В церкви! — ответил тот. И на этот раз весь ресторан грохнул от смеха.

Он поднялся. Я подумала, что он затеет драку — ведь мы все вернулись лет на десять назад, во времена нашей юности, когда драка — вместе с поцелуями, с нескромными ласками, с оглушительной музыкой и неистовой скоростью — входила в обязательный ассортимент вечеринки.

Но нет — он всего лишь взял меня за руку и направился к дверям.

— Нам пора, — сказал он. — Поздно уже.

Дождь в Бильбао, и во всем мире дождь. Тот, кто любит, должен владеть искусством терять и находить. Он научился соблюдать равновесие между тем и другим. Он весел и по дороге в отель напевает.

У меня еще немного шумит в голове, еще не выцвели, не потускнели краски мира, но и я постепенно обретаю равновесие. Я должна, как говорится, контролировать ситуацию, потому что хочу поехать с ним.

И мне нетрудно контролировать ситуацию, ведь я уже не влюблена до беспамятства. Тому, кто способен укротить свое сердце, покорится весь мир.

«Мне хотелось бы не обуздывать свое сердце», — думаю я. Если бы я смогла отдать ему мое сердце — пусть хоть на один уик-энд, — у дождевых капель, падающих на мои щеки, был бы сейчас другой вкус. Если бы любить было просто, он обнял бы меня и в такт мелодии, которую напевает, рассказал бы другую историю, и она была бы нашей с ним историей. Если бы там вдалеке, за праздниками, не маячило возвращение в Сарагосу, я бы хотела, чтобы хмель не выветрился никогда, чтобы мне хватило свободы целовать его, ласкать его, шептать и слушать слова, принадлежащие только влюбленным.

Но нет. Не могу.

Не хочу.

А он еще не знает, что на его предложение я скажу «да». Зачем мне нужен этот риск? Потому что в эту минуту хмель одурманил меня, потому что я устала от дней, неотличимо похожих один на другой.

Но эта усталость пройдет. И мне сейчас же захочется вернуться в Сарагосу — в город, в котором живу по собственной воле, по своему выбору. Меня ждут занятия, меня ждет конкурс. Меня ждет муж, которого еще предстоит встретить, а это будет непросто.

Меня ждет жизнь упорядоченная и тихая, с детьми и внуками, с гарантированной пенсией, с ежегодными отпусками. Мне неведомо, какие страхи томят его, но зато отлично известны мои собственные. И вполне хватает тех, что уже есть, — новых не надо.

Я бы не смогла — никогда бы не смогла — влюбиться в кого-нибудь, как влюбился он. Слишком хорошо я его знаю: мы ведь долго прожили рядом: я знаю все его слабости и страхи. Я не смогу восхищаться им, как другие.

И еще я знаю, что любовь — сродни плотине: если оставить хоть крохотную дырочку, куда может проникнуть тоненькая струйка воды, то вскоре под напором ее рухнут стены, и придет мгновение, когда уже никому не под силу будет сдержать силу потока.

Если же рухнут стены, любовь завладеет всем и надо всем возобладает: ей безразлично, что возможно, а что — нет, ей нет дела до того, по силам ли нам удержать любимого рядом, любовь — неуправляема.

Нет, я не могу оставить брешь в стене — даже самую маленькую.

— Минутку!

Он сейчас же замолчал. По влажной мостовой зазвучали чьи-то поспешные шаги.

— Пойдем, — сказал он, беря меня за руку.

— Постойте! Одну минутку! — кричал прохожий. — Мне надо поговорить с вами!

Но он только прибавил шагу.

— Это — не к нам, — сказал он. — Пойдем в отель.

Тем не менее относилось это именно к нам — больше на улице никого не было. Сердце мое дрогнуло, я мигом протрезвела. Я вспомнила, что Бильбао — столица страны басков и здесь то и дело происходят террористические акты. Шаги приближались.

— Идем, — сказал он и пошел еще быстрей.

Но было уже поздно. Между нами, как из-под земли, выросла фигура мужчины, вымокшего с головы до ног.

— Постойте! — повторил этот человек. — Одну минутку! Ради бога!

В страхе я хотела кинуться прочь, взмолилась, чтобы каким-то чудом рядом с нами взвизгнули тормоза патрульной машины. Бессознательно я вцепилась в него, но он отвел мои руки.

— Умоляю вас, — проговорил незнакомец. — Я узнал, что вы здесь. Помогите мне, ради бога! Речь идет о моем сыне!

Он заплакал и упал на колени, повторяя:

— Умоляю вас! Умоляю!

Мой друг глубоко вздохнул, опустил голову, закрыл глаза. В наступившей тишине слышно было, как стучат дождевые капли да рыдает человек, стоявший посреди мостовой на коленях.

— Иди в отель, Пилар, — произнес наконец мой друг. — Ложись спать. Я вернусь только под утро.

Понедельник, 6 декабря 1993

Любовь — это сплошные ловушки и капканы. Когда она хочет дать знать о себе, то показывает лишь свой свет, а порождаемые им тени — скрывает и прячет.

— Погляди вокруг, — сказал он. — Давай припадем к земле, послушаем, как бьется ее сердце.

— Не сейчас, — отвечала я. — Я не могу пачкать свой жакет: он у меня один.

Мы ехали по холмам, поросшим оливами. После вчерашнего дождя в Бильбао солнечное утро казалось сном. У меня не было темных очков — я вообще ничего с собой не захватила, потому что собиралась в тот же день вернуться в Сарагосу. Спать мне пришлось в одолженной у него рубашке, а в угловом магазинчике рядом с нашим отелем я купила себе майку, чтобы было во что переодеться, покуда сохла постиранная — та, в которой я ходила накануне.

— Тебе, наверно, надоело видеть меня в одном и том же, — шутя сказала я, желая, чтобы этот обыденный разговор вернул меня к действительности.

— Я счастлив тем, что ты — здесь.

С той самой минуты, как он вернул мне ладанку, он больше не говорит мне о любви, но радостен, весел и ведет себя как восемнадцатилетний юнец. И сейчас он, погруженный в сияние погожего утра, идет рядом со мной.

— Какие у тебя там дела? — спросила я, показывая на закрывавшие горизонт отроги Пиренеев.

— По ту сторону гор — Франция, — с улыбкой отвечал он.

— Я учила географию в школе. Я хочу знать, зачем нам туда и что мы там будем делать.

Некоторое время он не произносил ни слова и продолжал улыбаться.

— Зачем? Затем, что я хочу показать тебе один дом. Быть может, он тебя заинтересует.

— Если ты решил податься в агенты по продаже недвижимости, то обо мне забудь. У меня нет денег.

Мне-то было все равно — ехать ли в Наварру или во Францию, лишь бы не возвращаться на праздники в Сарагосу.

«Ну что? — осведомился мой рассудок у сердца. — Ты довольна тем, что приняла его приглашение. Ты изменилась и сама того не замечаешь».

Нет, нисколько я не изменилась. Просто отдохнула немного.

— Погляди, какие камни.

И в самом деле — гладкие, обкатанные, словно прибрежная галька, а ведь здесь, на равнинах Наварры никогда не было моря.

— Их отшлифовали ступни крестьян, ступни богомольцев, ступни искателей приключений, — сказал он. — Камни изменились, но и путники не остались прежними.

— Это странствия научили тебя всему, что ты знаешь?

— Нет. Чудеса Откровения.

Я не поняла, о чем он, и предпочла не углубляться. Я чувствовала, как растворяюсь в солнце, в долине, в горной гряде на горизонте.

— Куда мы идем? — спросила я.

— Пока никуда. Мы просто наслаждаемся утром, солнцем, прекрасным пейзажем. Впереди у нас еще долгий путь на машине, — говорит он и после краткого колебания добавляет: — Ты спрятала ладанку?

— Спрятала, — отвечаю я и прибавляю шагу. Мне не хочется говорить об этом, чтобы не испортить радость и свободу утра.

Впереди появляется городок. Как принято было в Средние века, он стоит на вершине холма, и в отдалении я вижу колокольню его собора и развалины замка.

— Пойдем туда, — прошу я.

Он пребывает в нерешительности, но потом соглашается. По дороге встречается нам часовня, и мне хочется зайти туда. Я не знаю молитв, но церковная тишина всегда действует на меня умиротворяюще.

«Не вини себя, ты ни в чем не виновата, — говорю я себе. — Если он влюблен, то это его дело».

Он осведомился насчет ладанки. Я знаю — он ждал, что мы возобновим давешний разговор в кафе. Ждал — и одновременно боялся, что не услышит того, что хочет, вот потому-то он и не торопит ход событий, не затрагивает эту тему.

Может быть, он и вправду любит меня. Однако мы должны превратить эту любовь во что-то иное, более глубокое.

«Что за вздор, — говорю я себе. — Ничего на свете нет глубже любви. Только в сказках принцесса целует жабу, и та превращается в прекрасного принца. В жизни все наоборот: принцесса целует принца, и он становится омерзительной жабой».

Через полчаса мы подходим к часовне. На ступенях сидит старик.

С той минуты, как мы пустились в путь, это первый человек, повстречавшийся нам, — ибо на дворе осень, и поля снова вверяют себя Господу в надежде, что он дарует им плодородие и что позволит человеку в поте лица своего снискать хлеб свой насущный.

— Здравствуйте, — говорит он старику.

— Здравствуйте,

— Как называется этот городок?

— Сан-Мартин-де-Ункс.

— Ункс? — переспрашиваю я. — Звучит как имя гнома!

Старик не понимает шутки, и я, слегка смутясь, направляюсь к дверям часовни.

— Нельзя, — останавливает меня старик. — С полудня закрыто. Хотите — возвращайтесь к четырем.

Но дверь в часовню отворена. И я, хоть и смутно, потому что солнце светит ослепительно, вижу, что там внутри.

— Да мне бы на одну минутку... Я хочу помолиться.

— Сожалею, но не могу. Закрыто.

Он слушает мой разговор со стариком и не вмешивается.

— Ладно, пойдем отсюда, — говорю я. — Не станем спорить.

Он по-прежнему смотрит на меня пустым отчужденным взором.

— Разве ты не хочешь посмотреть часовню? — спрашивает он.

Я знаю — ему не нравится, как я себя веду. Он считает, что я — слабая, боязливая, не умеющая добиваться своего. Принцесса безо всяких поцелуев превратилась в жабу.

— Вспомни, что было вчера, — говорю я. — В баре тебе не хотелось продолжать спор и ты прекратил его. А теперь, когда я поступаю точно так же, ты меня осуждаешь.

Старик бесстрастно слушает нас. Должно быть, он доволен — хоть что-то происходит перед ним, ибо здесь, в этом местечке все утра, все дни, все ночи неотличимы друг от друга.

— Дверь не заперта, — обращается он к старику. — Если тебе нужны деньги, мы можем заплатить, хоть и немного. Но она хочет посмотреть церковь.

— Сейчас — нельзя.

— Ладно же! Мы все равно войдем!

И, схватив меня за руку, входит.

Сердце у меня колотится — старик может разозлиться, позвать полицию, испортить наше путешествие.

— Почему ты сделал это?

— Потому что ты хотела осмотреть часовню изнутри.

Но мне это не удается: глаза не смотрят — эти пререкания и то, как я отнеслась к запрету, уничтожили все очарование такого чудесного утра.

Я чутко прислушиваюсь к тому, что происходит снаружи, я представляю, как старик зовет полицию. Святотатцы. Грабители. Они нарушают закон, престу-

пают запрет. Старик ведь сказал им — закрыто, час посещений прошел! Он немощен и дряхл, он не в силах был нас удержать, мы не проявили уважения к старости — и в глазах полиции это усугубит нашу вину.

Я остаюсь внутри ровно столько времени, сколько нужно, чтобы освоиться. Но сердце колотится так сильно, что я боюсь, как бы он не услышал его стук.

— Мы можем идти, — говорю я, выждав время, необходимое для того, чтобы прочесть «Отче наш».

— Не бойся, Пилар. Тебе не придется подыгрывать этому старику.

Мне вовсе не хочется, чтобы конфликт со сторожем привел к ссоре с моим другом. Надо сохранять спокойствие.

— Не понимаю, о чем ты говоришь, — отвечаю я.

— Есть люди, которые постоянно воюют с кем-то — с окружающими, с самими собой, с жизнью. И постепенно у них в голове начинает складываться некое театральное действо, и либретто его они записывают под диктовку своих неудач и разочарований.

— Я знаю многих таких.

— Беда в том, что они не могут разыграть эту пьесу в одиночку, — продолжает он. — И тогда прибегают к помощи других актеров.

Здесь произошло нечто подобное. Старик хотел за что-то на ком-то отыграться, кому-то за что-то отомстить — и выбрал нас. Если бы мы послушались его, вняли его запрету, то испытывали бы сейчас горечь поражения и раскаивались бы. Мы бы стали частицами его убогой жизни и его неудач.

Но его враждебность бросалась в глаза, и потому нам нетрудно было уклониться от нее. Куда хуже, когда люди «вызывают нас на сцену», начиная вести себя как жертвы, жалуясь на то, что жизнь полна несправедливости, прося у других совета, помощи, заступничества.

Он заглянул мне в глаза.

— Берегись, — сказал он. — Ввяжешься в такую игру — проиграешь непременно.

Он прав. И все же мне было как-то не по себе: в душе оставался неприятный осадок.

— Я помолилась. Я сделала все, что хотела. Мы можем выйти наружу.

И мы выходим наружу. Контраст между царившим в церкви полумраком и ослепительным солнечным светом так силен, что я на несколько мгновений слепну. Когда же зрение возвращается ко мне, вижу, что старика нет.

— Пойдем пообедаем, — говорит он и направляется в сторону городка.

За обедом я осушила два стакана вина. В жизни еще не пила так много. Я спиваюсь.

«Не надо преувеличивать».

Он разговаривает с официантом. Узнает, что в окрестностях еще сохранились развалины римских построек. Я пытаюсь принять участие в беседе, но скрыть дурное настроение мне не под силу.

Принцесса превратилась в жабу. Ну и что с того? Какое значение это имеет, если мне ничего не надо — ни мужчины, ни любви?

«Я ведь знала заранее, — думаю я. — Знала, что он нарушит равновесие моего мира. Разум предупредил меня — но сердце не захотело внять его совету».

Как дорого обошлось мне обретение той малости, которую я получила. Мне пришлось отказаться от стольких желанных мне вещей, отвернуться от стольких дорог, открывавшихся передо мной. Я пожертвовала многими своими мечтами во имя главной — спокойствия духа. И лишиться его сейчас я не желаю.

— Ты чем-то удручена, — произносит он, прервав разговор с гарсоном.

— Да, ты угадал. Я думаю, что этот старик все-таки вызвал полицию. Я думаю, что в таком маленьком городке не составит труда выяснить, где мы находимся. И еще я думаю, что из-за твоего упрямого желания пообедать именно здесь на наших каникулах можно поставить крест.

Он вертит в руках стакан с минеральной водой. Он не может не знать, что я говорю неправду и дело совсем не в старике. Дело в том, что меня терзает стыд. Зачем мы творим такое с нашими жизнями? Зачем видим соломинку в глазу, а горы, поля и оливковые рощи не замечаем?

— Послушай, — говорит он. — Поверь мне, ты зря тревожишься: старик давно уже дома, он и позабыл об этом происшествии.

«Дурак, я не из-за этого тревожусь», — думаю я.

— Слушай голос сердца, — продолжает он.

— Именно это я и делаю, — говорю я. — Слушаю. И хочу уйти отсюда. Мне как-то не по себе.

— Сегодня больше не пей. Вино тебе не помогает.

До этой минуты я держала себя в руках. Теперь сознаю — лучше будет высказать все, что накипело.

— Ты уверен, что знаешь все. Ты рассуждаешь о волшебных мгновениях, о ребенке, таящемся в душе взрослого. И я не понимаю, что ты делаешь тут, рядом со мной.

— Я восхищаюсь тобой, — смеется он. — Тобой и тем, как ты борешься против собственного сердца.

— Что-что? — переспрашиваю я.

— Да ничего, это я так, — отвечает он.

Но я уже поняла, что он хотел сказать.

— Не обманывай себя. Если хочешь, можем обсудить это. Ты заблуждаешься относительно моих чувств.

Перестав крутить в пальцах стакан, он глядит мне прямо в глаза:

— Не заблуждаюсь. Я знаю — ты меня не любишь.

Я совсем сбита с толку.

— Но я буду бороться за твою любовь, — продолжает он. — Есть на свете такое, за что стоит бороться до конца.

Я не знаю, что сказать ему на это.

— Вот за тебя, например, — договаривает он.

Я отвожу взгляд и делаю вид, будто рассматриваю интерьер ресторана. Я чувствовала себя жабой и вдруг снова превратилась в принцессу.

«Я хочу верить его словам, — думаю я, уставившись на картину, где изображены какие-то рыбаки на лодках. — Это ничего не изменит, но по крайней мере я не буду чувствовать себя такой слабой, такой никчемной».

— Прости, что я на тебя накинулась, — говорю я.

Он улыбается и, подозвав официанта, платит по счету.

На обратном пути растерянность моя не проходила. Что было тому виной? Солнце? — Но сейчас осень, и солнце уже не только не припекает, но и не греет. Старик? — Но старик уже довольно давно ушел из моей жизни.

Может быть все что угодно — все новое. Неразношенный башмак натирает ногу. Вот так и жизнь — она хватает нас врасплох и тащит к неведомому, хоть мы, быть может, этого не хотим, хоть нам, быть может, этого и не надо.

Я пытаюсь отвлечься, разглядывая окрестности, но больше не удается увидеть масличные рощи, городок на вершине холма, часовню, у порога которой сидит старик. Все это мне чуждо, все незнакомо.

Я вспоминаю вчерашнюю пирушку и песенку, которую он постоянно напевал:

Вечером в Б'Айресе что-то такое,

Что-то такое, просто не знаю...

Что же я знаю тогда?

Встал и оделся, вышел из дому, по Ареналес пошел...

При чем же тут Буэнос-Айрес, если мы в Бильбао? И что это за улица такая — «Ареналес»? Что он хотел этим сказать?

— Что за песенку ты вчера без конца напевал? — спрашиваю я.

— «Балладу сумасшедшего», — отвечает он. — Почему ты спрашиваешь только сейчас?

— Так просто, — отвечаю я.

Но я-то знаю, что не так просто. Я знаю, что он пел ее потому, что это — ловушка. Он мог бы промурлыкать что-нибудь знакомое, что-нибудь слышанное

3 – 9166

мною тысячи раз, однако же он выбрал то, чего я никогда не слышала.

Да, это ловушка. Когда-нибудь, услышав эту песенку по радио или на диске, я вспомню его и Бильбао, вспомню дни, когда осень моей жизни вновь стала весной. Я вспомню душевный подъем, дух приключения, и ребенка, воскресшего Бог знает откуда.

Он все продумал. Он умен и опытен, он знает жизнь и умеет покорить женщину, которая ему желанна.

«С ума я схожу», — говорю я себе. Боюсь спиться оттого, что пила два дня подряд. Считаю, что ему известны все уловки и ухищрения. Уверена, что его нежность опутывает меня и управляет мною.

Как это он сказал в ресторане? «Я восхищаюсь тем, как ты борешься против собственного сердца».

Он ошибается — я уже давно и с неизменным успехом сражаюсь со своим сердцем. Я не влюблюсь в недостижимое.

Я знаю свои пределы, как знаю и то, что моя способность к страданию — не безгранична.

— Скажи мне что-нибудь, — прошу я на обратном пути к машине.

— Что сказать?

— Что-нибудь. Поговори со мной.

И он принимается рассказывать о чудесном явлении Девы Марии в Фатиме. Не знаю, почему он сейчас вспомнил об этом, но история о том, как трое пастушков говорили с Нею, отвлекает меня.

И вскоре сердце мое успокаивается. Мне ли не знать предел, до которого я могу идти, мне ли не совладать с собой?!

Мы добрались до места к ночи. В густой пелене тумана я едва различала маленькую площадь, фонарь, бросавший слабый желтоватый свет на несколько средневековых построек и колодец.

— Туман! — радостно воскликнул он.

Я поглядела на него в недоумении.

— Мы в Сент-Савене, — продолжал он.

Название городка ничего мне не говорило. Однако я поняла, что мы уже во Франции, и тоже обрадовалась.

— Зачем ты привез меня именно сюда? — спросила я.

— Хочу продать тебе дом, — со смехом отвечал он. — А кроме того, я пообещал, что вернусь ко дню Непорочного Зачатия.

— Сюда?

— Не совсем. Недалеко отсюда.

Он затормозил. Выйдя из машины, мы взялись за руки и пошли вперед в густом тумане.

— Это место вошло в мою жизнь неожиданно, — произнес он.

«Так же, как ты — в мою», — подумала я.

— Однажды именно здесь я понял, что сбился с пути. Нет, не совсем так: скорее я понял, что вновь нашел свой путь.

— Ты говоришь загадками, — сказала я.

— Именно здесь я осознал, до чего же мне тебя не хватало.

Я снова, сама не зная почему, огляделась по сторонам.

— Какое отношение это имеет к твоему пути?

— Нам надо снять квартиру, потому что обе гостиницы в этом городке работают только летом. А потом поужинаем в хорошем ресторане — посидим спокойно, не опасаясь полиции, и не придется бегом бежать к машине. А когда вино развяжет нам язык, наговоримся вдосталь.

Мы рассмеялись. Мне уже стало легче. По пути я вела счет всем глупостям, которые приходили мне в голову. Когда же мы пересекли горную цепь, отделяющую Испанию от Франции, я помолилась Богу, чтобы Он избавил мою душу от напряжения и страха.

Я уже устала играть роль девочки-дурочки, вести себя наподобие многих моих подруг, которые боятся невозможной любви, хоть толком и не знают, что это такое. Если бы я вовремя не остановилась, то потеряла бы все хорошее, что могли бы мне дать эти считанные дни рядом с ним.

«Берегись, — подумала я. — Если в плотине появится трещина, никакой силой в мире ее уже не заделать».

— Защити нас, Пречистая Дева, ныне и присно, — сказал он.

Я промолчала.

— Почему ты не сказала «аминь»?

— Потому что уже не считаю это нужным и важным. Было время, когда религия составляла часть моей жизни. Было да прошло.

Он развернулся, и мы двинулись к машине.

— Но я все еще молюсь, — продолжала я. — Я молилась, когда мы пересекали Пиренеи. Но в этом есть что-то машинальное, сама не знаю, верю ли я своей молитве.

— Почему?

— Потому что страдала, и Бог меня не услышал. Потому что — и это часто случалось в моей жизни — я пыталась любить всем сердцем, но любовь моя была предана и попрана. Если Бог есть Любовь, Он мог бы отнестись к моему чувству более бережно.

— Да, Бог есть Любовь. Но лучше всех разбирается в этом вопросе Пречистая Дева.

Я расхохоталась, но, переведя взгляд на него, увидела, что он вовсе не думает шутить, а говорит вполне серьезно:

— Пречистой Деве открыта тайна того, что называется «предаться безусловно». Она, любя и страдая, избавляет нас от мук. Точно так же как Иисус избавил нас от первородного греха.

— Иисус — сын Божий. Приснодева же — лишь смертная женщина, которую осенила благодать выносить Его в своем чреве, — ответила я, серьезностью тона стараясь загладить свой неуместный смех. Мне хотелось, чтобы он знал — я уважаю его веру. Но вера и любовь не спорят вообще, а уж в таком славном городке, как этот, — в особенности.

Открыв дверцу машины, он вытащил с сиденья два наших рюкзака. Я потянулась было за своим, но он с улыбкой отвел мою руку:

— Разреши мне.

«Давно уж со мной не обращались так галантно», — подумала я.

Мы стучимся в первую же дверь, но женский голос отвечает, что комнаты здесь не сдают. Из-за второй двери никто не отзывается. В третьем доме старичок встречает нас радушно и приветливо, но оказывается, что в комнате стоит двуспальная кровать. Я отказываюсь.

— Может быть, поедем дальше, в городок побольше? — спросила я, когда мы вышли.

— Сейчас мы найдем комнату, — ответил он. — Ты слыхала притчу о Другом? Это — фрагмент истории, написанной лет сто назад неким...

— Да неважно, кто ее написал, рассказывай, — прошу я, шагая рядом с ним по единственной площади Сент-Савена.

— *Один человек повстречал старого друга, который пытался приспособиться к жизни и так и эдак, да все без толку. «Надо бы дать ему немножко денег», — подумал он. И так случилось, что в тот же вечер узнал он, что друг его разбогател и роздал все свои долги за много лет.*

Пошли они в бар, где любили бывать, и друг его платил за всех. Когда же его спросили, в чем причина такого успеха, тот ответил, что вплоть до самого недавнего времени жил как Другой.

— Что еще за «Другой»? — спросили его.

— Другой — это тот, кем меня учили быть, но кем я не являюсь. Другой убежден, что человек всю свою жизнь обязан думать о том, как бы скопить денег, чтобы под старость не умереть с голоду. И столько он об этом думает, и такие строит гран-

диозные планы, что обнаруживает, что жив, лишь когда дней его на земле остается совсем мало. Спохватывается он, да поздно.

— Ну, а кто же ты такой?

— А я — такой же, как любой из нас, если только он слушает голос своего сердца. Человек, очарованный мистерией жизни, человек, открытый чуду, человек, которого радует и воодушевляет все, что он ни делает. Беда в том, что Другой, вечно томимый страхом разочарования, не давал мне поступать так.

— Но ведь существуют и страдания, — возразили посетители бара.

— Существуют поражения. И никто на свете от них не застрахован, более того — никто их не избегнет. А потому лучше воевать за исполнение своей мечты и в войне этой проиграть несколько сражений, чем быть разгромленным и при этом даже не знать, за что же ты сражался.

— И все? — спросили слушатели.

— И все. Когда мне открылась эта истина, я решил быть таким, каким мне на самом деле всегда хотелось быть. Другой остался там, у меня дома, он смотрел на меня, но я его к себе больше не впускал, хоть он несколько раз и пытался напугать меня, внушить, как сильно я рискую, не заботясь о своем будущем, не откладывая на черный день.

И с того мгновения, как я изгнал Другого из моей жизни, Божественная энергия стала творить свои чудеса.

«Он сочинил эту историю. Это выдумка, хотя, может быть, и остроумная», — думала я, пока мы продолжали искать место для ночлега. Но во всем Сент-Савене было не больше тридцати домов, так что очень скоро пришлось ему признать мою правоту и согласиться с тем, что надо ехать дальше — в какой-нибудь городок покрупнее.

Как бы ни был он преисполнен воодушевления, как бы давно и далеко ни отогнал он от себя Другого, жители Сент-Савена понятия не имели о том, что его мечтой было заночевать в их городке, и содействовать нам вовсе не желали. И еще мне казалось, что, пока он рассказывал эту историю, я видела самое себя — узнавала свои страхи, свою неуверенность, свое желание заслониться от всего, что сулит и возвещает чудеса, не заметить их — потому что завтра все может кончиться и мы будем страдать.

Боги играют в кости и не спрашивают, хотим ли мы участвовать в их игре. Им дела нет до того, что там у тебя осталось позади — возлюбленный, дом, служба, карьера, мечта. Боги знать не хотят о твоей жизни, в которой каждой вещи находилось свое место и каждое желание, благодаря упорству и трудолюбию, могло осуществиться. Боги не берут в расчет наши планы и наши надежды; в каком-то уголке Вселенной играют они в кости — и вот по случайности выбор падет на тебя. И с этой минуты выигрыш или проигрыш — дело случая.

Боги, затеяв партию в кости, выпускают Любовь из ее клетки. Эта сила способна созидать или разрушать — в зависимости от того, куда ветер подует в тот миг, когда она вырвется на волю.

Пока что ветер дул в его сторону. Но ветры прихотливы и переменчивы не хуже богов — и вот где-то в самой глубине моего существа ощутила я некое дуновение.

Словно для того, чтобы доказать мне, что история Другого — это чистая правда и что Вселенная всегда выступает на стороне мечтателей, мы вскоре сумели снять комнату — комнату с двумя кроватями. Я прежде всего приняла ванну, выстирала одежду и повесила на плечики недавно купленную майку. Почувствовала себя совсем иначе — и это придало мне уверенности.

«Как знать, а вдруг Другой не нравится эта майка», — засмеялась я про себя.

После ужина с хозяевами дома — осенью и зимой рестораны в этом городке тоже были закрыты — он попросил бутылку вина, пообещав, что утром купит и отдаст.

Мы оделись, взяли два стакана и вышли из дому.

— Давай сядем у колодца, — предложила я.

Мы так и сделали — сели и принялись потягивать вино, согреваясь и успокаиваясь.

— Похоже, что Другой вернулся и воплотился в тебя, — пошутила я. — Ты в скверном настроении.

Он рассмеялся:

— Я говорил, что мы найдем комнату, — и нашли. Вселенная всегда помогает нам осуществить наши мечты, какими бы дурацкими они ни были. Ибо это наши мечты, и только нам известно, чего стоило вымечтать их.

Площадь тонула в желтоватом — от света фонаря — тумане, не дававшем разглядеть ее противоположный край.

Я глубоко вздохнула. Дальше откладывать было невозможно.

— Давай поговорим о любви, — сказала я. — Не будем больше избегать этого. Ты ведь знаешь, как я провела эти дни. Будь моя воля, этой темы не возникло бы вовсе. Но если уж она возникла, не думать о ней я не могу.

— Любовь опасна.

— Знаю. Мне приходилось любить. Любовь — это наркотик. Поначалу возникает эйфория, легкость, чувство полного растворения. На следующий день тебе хочется еще. Ты пока не успел втянуться, но, хоть ощущения тебе нравятся, ты уверен, что сможешь в любой момент обойтись без них. Ты думаешь о любимом существе две минуты и на три часа забываешь о нем. Но постепенно ты привыкаешь к нему и попадаешь в полную от него зависимость. И тогда ты думаешь о нем три часа и забываешь на две минуты. Если его нет рядом, ты испытываешь то же, что наркоман, лишенный очередной порции зелья. И в такие минуты, как наркоман, который ради дозы способен пойти на грабеж, на убийство и на любое унижение, ты готов на все ради любви.

— Пугающая аналогия, — произнес он.

И вправду — мой пример плохо вязался с вином, с колодцем и со средневековыми домиками, кольцом окружавшими площадь. Тем не менее все было именно так, как я сказала. Если он совершил столько усилий, чтобы добиться любви, то должен знать, какие опасности его подстерегают.

— И потому любить нужно только того, кого сможешь удержать рядом, — договорила я.

Он долго не отвечал, вглядываясь в туман. Было похоже, что он больше не предложит мне поплавать по опасным волнам разговора о любви. Да, я была сурова с ним, но что еще мне оставалось?

«Вопрос закрыт», — подумала я. Трех дней, проведенных нами бок о бок — да еще вдобавок я ходила в одном и том же, — хватило ему, чтобы отказаться от своего намерения. Моя женская гордость была уязвлена, но одновременно я испытывала и облегчение.

«Неужели в глубине души я этого и хотела?»

Вероятно — потому что уже предощущала, какой бурей обернется ветерок любви. Потому что уже различала трещинку, змеившуюся по стене плотины.

Мы еще довольно долго пили и говорили о пустяках — обсуждали хозяев, сдавших нам комнату, вспомнили святого, в незапамятные времена основавшего этот городок. Он рассказал мне две-три легенды, связанные с церковью на противоположной стороне маленькой, потонувшей в тумане площади.

— Ты меня не слушаешь, — вдруг сказал он.

И правда — мысли мои витали неизвестно где. Мне хотелось бы, чтобы рядом со мной был человек, в присутствии которого мое сердце билось бы ровно и мерно, человек, рядом с которым мне было бы спокойно, потому что я не боялась бы на следующий день потерять его. И время бы тогда текло медленнее, и мы могли бы просто молчать, зная, что для разговоров у нас впереди еще целая жизнь. И мне не надо было бы принимать трудные решения, ломать голову над серьезными вопросами, произносить жесткие слова.

Мы молчим — и это многое значит. Впервые в жизни мы с ним молчим, хоть я и осознала это только сейчас, когда он поднялся, чтобы раздобыть еще бутылку вина.

Мы молчим. Я слышу его шаги — он возвращается к колодцу, где мы провели вместе уже больше часа, потягивая вино, вглядываясь в туман.

Впервые в жизни мы молчим — молчим по-настоящему. Нет, это не то молчание, которое сковывало нас в машине по пути из Мадрида в Бильбао. И не то, которое леденило мое сердце страхом, пока я стояла в часовне в окрестностях Сан-Мартин-де-Ункса.

Такое молчание красноречивей всяких слов. Такое молчание говорит мне, что нам с ним больше нет надобности что-то объяснять друг другу.

Шаги стихают. Он смотрит на меня, и, должно быть, красивая картинка возникает перед ним — ночь, туман, колодец, женщина, слабо озаренная светом фонаря.

Средневековые домики, церковь XI века, безмолвие.

Вторая бутылка вина была уже наполовину пуста, когда я решилась нарушить молчание.

— Вчера утром я уже совсем было сочла, что спиваюсь. Пью целый день. За эти трое суток выпила больше, чем за весь прошлый год.

Не произнося ни слова, он проводит рукой по моим волосам. Я ощущаю его прикосновение и не делаю попыток отстраниться.

— Расскажи мне немного о своей жизни, — прошу я.

— В моей жизни нет ничего сверхъестественного. Я следую своим путем и стараюсь по мере сил пройти его достойно.

— И что же это за путь?

— Путь того, кто ищет любовь, — и замолкает на мгновенье, вертя в руках почти пустую бутылку. — А любовь — это трудный путь.

— Трудный, потому что он либо вознесет тебя к небесам, либо низвергнет в преисподнюю, — говорю я, не вполне относя эти слова к самой себе.

Он ничего не отвечает. Быть может, он еще погружен в пучину безмолвия, но вино вновь развязало мне язык, и я чувствую необходимость высказаться.

— Ты сказал, что в этом городке что-то изменилось.

— Да, мне так кажется. Но я не уверен и вот поэтому захотел привезти тебя сюда.

— Так это проверка?

— Нет, это дар Той, кто поможет мне принять верное решение.

— Кто это?

— Приснодева.

Приснодева. Я могла бы и сама догадаться. На меня производит сильное впечатление то, что после стольких странствий, открытий, новых горизонтов, открывшихся ему, все еще сильна в нем католическая прививка, сделанная в детстве. А вот я и мои друзья — по крайней мере в этом отношении — переменились сильно: вина и грехи давно уже не тяготеют над нами.

— Как славно, что после всего, через что тебе пришлось пройти, ты сумел сохранить прежнюю веру.

— Нет, не сумел. Я потерял ее и вновь обрел.

— Веру в Деву? В невозможное, небывалое, фантастическое? Ты не познал плотской любви? Ты избегаешь активного секса?

— Вовсе нет. С этим все нормально. У меня было много женщин.

Я ощущаю укол ревности и сама удивляюсь этому. Но внутренняя борьба вроде бы улеглась и мне не хочется, чтобы она началась вновь.

— Почему она — «Дева»? Почему Богоматерь не покажут нам как обыкновенную женщину, подобную всем прочим?

Одним глотком он приканчивает бутылку — там оставалось совсем немного. Спрашивает, не хочу ли я еще вина — он раздобудет, — но я отказываюсь.

— Я хочу только, чтобы ты мне ответил. Всякий раз, как мы затрагиваем некоторые темы, ты сейчас же переводишь разговор на другое.

— Она и была самой обычной женщиной. Она родила и других детей. В Писании сказано, что Иисус был старшим из троих братьев. Непорочное зачатие Иисуса имеет иной смысл: Мария начинает новую благодатную эру, открывает другой этап. Она — космическая невеста, Земля, которая принимает небо и оплодотворяется им. И в этот миг, благодаря тому, что у Нее хватило отваги принять свою судьбу, Она дает Богу возможность сойти на Землю. И превращается в Великую Мать.

Я не в состоянии следить за ходом его мысли. И он понимает это:

— Она — это женский лик Бога. Она наделена собственной божественной природой.

Речь его звучит негладко — слова выговариваются с трудом, с напряжением, словно он совершает грех, произнося их.

— Богиня? — спрашиваю я.

Я жду, что он объяснит мне это, но он не продолжает разговор. Еще несколько минут назад я с иронией думала о том, как крепко вбит в него католицизм, а теперь мне кажется, что он совершает святотатство.

— Кто такая Дева? Кто — Богиня? — настаиваю я.

— Это трудно объяснить, — ему явно не по себе, и с каждой минутой — все сильней. — У меня здесь есть кое-что при себе. Если хочешь, можешь прочесть.

— Не буду я сейчас ничего читать! Объясни мне так!

Он тянется за бутылкой вина, но она пуста. Мы уже не помним, что привело нас к этому колодцу. Возникает ощущение чего-то необыкновенно значительного — словно каждым своим словом он творит чудо.

— Ну, говори же!

— Ее символ — вода, Ее окружает туман. Богиня обнаруживает и проявляет Себя в стихии воды.

Туман вокруг нас, казалось, ожил, обрел собственное бытие, превратился в некую священную субстанцию — хоть я по-прежнему не вполне отчетливо понимала смысл произносимых им слов.

— Не стану углубляться в историю. Если захочешь — сама прочтешь рукопись, которая у меня с собой. Знай только, что эта женщина — Богиня, Дева Мария, иудейская Шехина, египетская Изида, Великая Мать, София — присутствует во всех мировых религиях. Ее пытались предать забвению, поставить под запрет, Она прятала и меняла обличье, но культ Ее переходил из тысячелетия в тысячелетие и дошел до наших дней. Один из ликов Бога — это женский лик.

Я гляжу на него. Блестящие глаза устремлены в клубящийся перед нами туман. Понимаю, что можно больше не настаивать — он и так продолжит свой рассказ.

— О Ней говорится в первой главе Библии. Помнишь — «...и дух Божий носился над водою»? И Он поставил Ее под и над звездами. Это — мистический брак Земли и Неба. О Ней же говорится и в последней главе Писания, когда

И Дух и невеста говорят: прииди!

И слышавший да скажет: прииди!

Жаждущий пусть приходит,

И желающий пусть берет воду жизни даром.

— А почему женский лик Бога символизирует вода?

— Не знаю. Но обычно Он избирает это средство, чтобы выявить Себя. Может быть, потому, что вода — это источник жизни, ведь в утробе матери мы девять месяцев окружены водой. Вода — это символ женской Власти, на которую не посмеет претендовать, которую не решится оспорить даже самый просвещенный и совершенный мужчина.

Он замолкает на мгновение и продолжает:

— В каждой религии, в каждом верованиии Она проявляет Себя так или иначе — но проявляет непременно. Для меня — католика — Ее черты явственно проступают в образе Девы Марии.

Он берет меня за руку, и минут через пять мы уже выходим из Сент-Савена. Минуем по дороге невысокую колонну, увенчанную крестом, но — вот как странно! — там, где обычно принято помещать лик Иисуса Христа, мы видим образ Пресвятой Девы. Мне вспоминаются его слова, и совпадение удивляет меня.

И вот теперь тьма и туман обволакивают нас с ног до головы. Я представляю себя в воде, в материнской утробе, там, где еще нет времени, где бытие не отягощено сознанием. Да, все, что он сказал, исполнено смысла — и смысла ужасающего. Я вспоминаю пожилую даму, сидевшую рядом со мной на лекции. Вспоминаю рыжую девушку, приведшую меня на площадь, — ведь и она говорила, что вода есть символ Богини.

— Километрах в двадцати отсюда есть пещера, — продолжает он. — 11 февраля 1858 года одна девочка вместе с двумя другими детьми собирала хворост неподалеку от нее. Девочка была болезненная, слабенькая, страдала астмой, а родители ее были так бедны, что едва ли не нищенствовали. И в тот зимний день она побоялась переходить небольшой ручей вброд — вдруг вымокнет, простудится и сляжет, а родителям не обойтись без тех жалких денег, что она приносит в дом.

И в этот миг появилась перед ней женщина, облаченная в белые одежды, в сандалиях, украшенных золочеными розами. Обратясь к девочке почтительно, как к принцессе, она попросила ее *сделать ми-*

лость — снова прийти сюда сколько-то раз, после чего исчезла. Двое других детей, впавшие при виде всего этого в столбняк, сразу же рассказали о происшествии всем, кому только можно.

А жизнь девочки с этой минуты превратилась в сущую пытку. Ее взяли под стражу и потребовали, чтобы она заявила, будто ничего подобного и не было. Ей сулили денег за то, чтобы она попросила у Явившейся всяких благ и чудес. А в первые дни ее родителей прилюдно оскорбили на площади, говоря, что их дочка выдумала свою встречу, чтобы привлечь к ним внимание.

Девочка же — а звали ее Бернадетта — ни малейшего понятия не имела о том, кого увидела. Женщину в белых одеждах она назвала «*То*», и ее обеспокоенные родители обратились за помощью к местному священнику. А тот попросил, чтобы девочка при следующей встрече спросила, как зовут незнакомку.

Бернадетта сделала, как было сказано, но в ответ получила лишь улыбку. «То» являлась ей еще восемнадцать раз — и чуть ли не всегда безмолвно. Впрочем, был случай, когда женщина попросила Бернадетту поцеловать землю. Не понимая, зачем это надо, девочка повиновалась. В другой раз «То» попросила вырыть в пещере ямку. Бернадетта послушалась, и тотчас из ямки вытекла струйка грязноватой воды — еще бы, ведь в пещере иногда прятались от непогоды дикие свиньи.

— Выпей, — приказала женщина.

Вода была до того грязная, что Бернадетта трижды зачерпывала ее и трижды выплескивала, не решаясь поднести ко рту. Наконец, хоть и с отвращением, но выполнила приказ. А вырытая ею ямка вновь наполнилась водой.

Человек, слепой на один глаз, бросил несколько капель в лицо — и тотчас прозрел. Молодая мать, пребывавшая в отчаянии оттого, что умирает ее новорожденный сын, погрузила его в этот источник, — а температура в тот день упала ниже нуля, — и младенец поправился.

Мало-помалу весть о чудесном источнике распространилась по всей округе, и тысячи людей стали стекаться в деревню. Бернадетта же все пыталась узнать, как зовут чудесную гостью, но та лишь улыбалась в ответ.

Но в один прекрасный день «То» повернулась к девочке и сказала:

— Я — Непорочное Зачатие.

Обрадованная Бернадетта со всех ног побежала к священнику рассказать ему об этом.

— Не может такого быть, — отвечал тот. — Никому, дочь моя, еще не удавалось быть одновременно и деревом, и плодом. Окропи-ка ее святой водой.

По глубокому убеждению священника, лишь Бог может существовать с самого начала начал, а Бог — по всем приметам — мужчина.

Бернадетта окропила «То» святой водой, но женщина лишь кротко улыбнулась — больше ничего не последовало.

А 16 июля женщина появилась в последний раз. Вскоре после этого Бернадетта постриглась в монахини, даже не подозревая, как разительно переменила она жизнь маленькой деревни, в окрестностях которой была эта пещера. Источник не иссяк, и чудеса продолжались.

История об этом облетела сначала Францию, а потом и весь мир. Деревня стала расти и меняться, стала городом. Приехали купцы. Открылись гостиницы и магазины. Бернадетта умерла и была похоронена вдали от родных мест. Она так никогда и не узнала о том, что произошло.

Нашлись люди, которые решились поставить Церковь в затруднительное положение, — благо к этому времени Ватикан уже признал возможность Явлений, — и принялись творить чудеса, но были вскоре разоблачены как шарлатаны и мошенники. Церковь установила жесткие правила — с такого-то числа чудесами признаются лишь феномены, выдержавшие строгую проверку, проводимую врачами и учеными.

Но вода все струится, и больные — выздоравливают.

Мне послышались какие-то звуки, и я испугалась. Но он продолжает сидеть неподвижно. А туман вокруг нас получил имя, обрел прошлое. Я размышляю над рассказанной историей и над тем, откуда он знает все это? Ответа у меня нет.

Я думаю и о женском лике Бога. У человека, сидящего рядом со мной, — мятущаяся душа. Не так давно он написал мне, что намерен поступить в семинарию, однако же он уверен, что у Бога — женский лик.

Он неподвижен. Я же ощущаю себя заключенной в утробу Матери Земли, где нет ни времени, ни пространства. История Бернадетты словно бы разворачивается у меня перед глазами, в окутывающем нас тумане.

И снова звучит его голос:

— Бернадетта не знала двух самых важных вещей. Во-первых, до того, как здесь установилось христианство, эти горы были населены кельтами, а культ Богини был главным в их цивилизации. Многие и многие поколения осознавали женский лик Бога, получали частицу Его любви, Его славы.

— А во-вторых?

— А во-вторых, незадолго до того, как произошло Явление, высшие иерархи Ватикана собрались на тайное совещание. Никто из посторонних не знал, что они там обсуждали, а уж сельский священник из Лурда — и подавно. Князья церкви решали, следует ли объявить догмат Непорочного Зачатия. И в конце концов решили, что следует, результатом чего стала папская булла *Ineffabilis Dei*. Однако широким массам верующих не объяснили, что же это значит.

— К тебе-то какое это имеет отношение? — спрашиваю я.

— Я Ее ученик. Я учился у Нее, — говорит он.

— Ты что же — видел Ее?

— Видел.

Мы возвращаемся на площадь, проходим те несколько метров, что отделяют нас от церкви. В свете фонаря различаю колодец и на закраине его — бутылку и два стакана. «Должно быть, там сидели влюбленные, — думаю я. — Сидели молча, а говорили друг с другом без слов — только сердцами. Когда же сердца высказали все, стали они сопричастны великих тайн».

Вот и снова никакого разговора о любви у нас не вышло. Да это и не важно. Я чувствую, что нахожусь в преддверии чего-то очень значительного и что должна использовать это, чтобы понять как можно больше. На минуту вспоминаются мне мои занятия в университете, Сарагоса, спутник жизни, которого я все мечтала повстречать, но все это кажется далеким, окутанным туманной дымкой — такой же, что застилает сейчас городок Сент-Савен.

— К чему ты рассказал мне про Бернадетту?

— Сам не знаю, — отвечает он, не глядя мне в глаза. — Может быть, потому, что мы — недалеко от Лурда. Может быть, потому, что завтра — день Непорочного Зачатия. А может быть, потому, что хотел доказать тебе: мой мир не столь пустынен и безумен, каким может показаться. Часть его составляют и другие люди. И они верят тому, что говорят.

— Я никогда и не говорила, что твой мир — безумен. В большей мере это относится к моему миру — я трачу лучшие годы жизни, корпя над книжками и тетрадками, а ведь они не выведут меня оттуда, где я все знаю наизусть.

Я почувствовала, что мне становится легче: я понимала его.

Я ждала, что он снова заговорит о Богине, но, обернувшись ко мне, он сказал:

— Пора спать. Мы много выпили.

Вторник, 7 декабря 1993

Он уснул сразу же. А я долго лежала, вспоминая все сразу — туман, и площадь, и вино, и разговор. Потом прочла рукопись, которую он мне дал, и ощутила прилив счастья: Бог — если Он и вправду существует — это и Отец, и Мать.

Я погасила свет и продолжала думать об окружавшем колодец безмолвии — именно в те минуты, когда мы оба молчали, я ощущала, до какой степени он близок мне.

Ни он, ни я не произнесли ни слова. Нет нужды говорить о любви, ибо у нее — собственный голос и она говорит за себя сама. В ту ночь, у колодца, молчание позволило нашим сердцам сблизиться, узнать друг друга получше. И мое сердце внимало его сердцу и, внимая, пело от счастья.

Прежде чем закрыть глаза, я решила сделать то, что он назвал «изгнанием Другого».

«Вот я здесь, в этой комнате, в городке, где никогда не бывала прежде, — текли мои мысли. — Вдали от всего того, к чему привыкла, размышляю о том, что никогда в жизни меня не интересовало. Я могу притвориться — хоть на несколько минут, — что стала другой».

И принялась воображать, как бы мне хотелось прожить эти несколько минут. Мне бы хотелось стать веселой, любопытной, счастливой. Сполна использовать каждое мгновение, с жадностью пить воду жизни. Снова верить и доверять мечте. Обрести способность бороться за то, что мне желанно и дорого.

Отвечать любовью на любовь.

Да, вот она — женщина, которой мне бы хотелось быть. И вот она внезапно возникла передо мной и превратилась в меня.

И я почувствовала, как заполняет мою душу свет Бога — или Богини, — в которых не верила больше. И еще почувствовала, как в это мгновение Другая, покинув мое тело, присела в углу этой маленькой комнаты.

Я глядела на нее — на себя такую, какой была до сих пор: она слаба, но тщится казаться сильной. Она всего боится, но твердит себе, что это не страх, а мудрость человека, не витающего в облаках. Окна, сквозь которые врывается ликующий свет солнца, она заделывает наглухо из опасений, как бы не выцвела обивка на ее старой мебели.

Я видела в углу комнаты Другую — слабую, усталую, разочарованную. Я видела, как обуздывает и порабощает она то, чему надлежит быть совершенно свободным, — свои чувства. Как пытается судить о грядущей любви по былым страданиям.

Но любовь — всегда нова. Не имеет значения, сколько раз в твоей жизни встретится любовь — один, два или три. Всякий раз мы оказываемся перед неведомым и неизведанным. Любовь может вознести нас на небеса, может низвергнуть в преисподнюю, но на прежнем месте не оставит. Любовь нельзя отвергнуть, ибо это — пища нашего бытия. Откажемся от нее — умрем с голоду, глядя на отягощенные плодами ветви древа жизни и не решаясь сорвать эти плоды, хотя вот они — только руку протяни. Надо искать любовь, где бы ты ни находился, пусть даже поиски эти означают часы, дни, недели разочарования и печали.

Все дело в том, что, когда мы отправляемся на поиски любви, любовь движется нам навстречу.

И спасает нас.

Когда Другая отошла от меня, сердце мое вновь заговорило со мной. И сказало, что трещинка в плотине пропустила целый поток, что ветры задули со всех сторон и что оно счастливо, ибо я снова прислушалась к его голосу.

Сердце сказало мне, что я — влюблена. И со счастливой улыбкой на губах я уснула.

Когда я проснулась, он стоял у открытого окна и смотрел на горы. Я не окликнула его, лежала молча, готовая сейчас же закрыть глаза, если он обернется.

Словно угадав мои мысли, он повернулся, взглянул на меня:

— Доброе утро.

— Доброе утро. Закрой окно, холодно.

Без предупреждения появилась Другая. Она еще пыталась переменить направление ветра, разглядеть в нем слабости и недостатки, заявить: «Нет, это невозможно». Но сама знала — поздно.

— Выйди, я оденусь, — сказала я.

— Я жду тебя внизу, — ответил он.

И тогда я поднялась с кровати, запретила себе думать о Другой, опять открыла окно, впустив в комнату солнце. Свет его заливал заснеженные вершины гор, землю, покрытую палой листвой, реку — я не видела ее, но слышала ее рокот.

Солнце ударило мне в грудь, осветило мою наготу, и мне не было холодно, потому что все тело было объято жаром — жаром малой искорки, которая превращается в огонек, который превращается в костер, который превращается в пожар, а уж пожар этот ничем не залить, не потушить. Я знала.

И желала.

Я знала, что с этой минуты познаю небеса и преисподнюю, радость и горе, исполнение мечты и безнадежное отчаянье, знала, что не смогу больше усмирять ветры, налетающие из потаенных уголков души. Знала, что с этого утра моим поводырем и провожатым станет любовь, хоть она и поселилась во мне с детства, когда я впервые увидела его. Ибо никогда я его не забывала — пусть и считала делом недостойным бороться за него. Эта любовь была трудна и окружена границами, нарушать которые я не желала.

В памяти воскресла площадь в Сории и та минута, когда я попросила его поискать оброненную мною ладанку. Я знала — да, я знала, что́ он хочет мне сказать, и не хотела слушать этого, потому что он принадлежал к числу тех юношей, которые в один прекрасный день покидают отчий край, отправляясь на поиски приключений, чтобы заработать денег, за исполнением мечты. Мне же была нужна любовь осуществимая и возможная, мои еще девственные тело и душа ждали и жаждали прекрасного принца.

В ту пору я мало что понимала в любви. Увидев его на лекции, приняв его предложение, я думала, что взрослой женщине под силу будет обуздать сердце девочки, которая так стремилась встретить своего прекрасного принца. Потом он упомянул о том, что в душе каждого взрослого непременно живет ребенок, — и тогда я вновь услышала голос той девочки, какой была когда-то, той принцессы, которая боялась любить из страха потерять любовь.

В течение четырех дней я пыталась заглушить голос собственного сердца, однако он звучал все громче, и все больше отчаивалась Другая. Где-то в самом сокровенном уголке моей души прежняя девочка еще существовала, еще верила, что мечты сбываются. Другая не успела и слова вымолвить — а я села к нему в машину, согласилась ехать с ним в Бильбао, решилась рискнуть.

И вот по этой-то причине — по причине того, что все-таки малая частица прежнего моего «я» еще существовала, — снова нашла меня любовь, нашла после долгих поисков по всем концам света. Снова встретилась со мной любовь, одолев все препоны, которые на тихой улочке Сарагосы наставила на ее пути Другая, смастерив их из предрассудков, неколебимых принципов и учебников.

Я открыла окно и сердце. Солнечный свет заполнил комнату, любовь — мою душу.

Несколько часов кряду мы гуляли то по снегу, то по дороге, пили кофе в крохотном городке, названия которого я не узнаю никогда. Там на площади стоял фонтан, украшенный изваянием загадочного существа — полузмеи, полуголубки.

Он улыбнулся при виде этой скульптуры:

— Знамение. Мужское и женское начала слиты воедино.

— Я прежде никогда не думала о том, что ты сказал мне вчера, — призналась я. — А между тем это вполне логично.

— «И сотворил Бог человека по образу Своему, по образу Божию сотворил его; мужчину и женщину сотворил их», — произнес он стих из Священного Писания. — Потому что это был его образ и подобие — мужчина и женщина.

4 – 9166

Я видела, что глаза его сегодня блестят по-другому. Он был счастлив и хохотал от всякого пустяка. Заводил разговоры с прохожими, изредка встречавшимися нам по дороге, — с земледельцами в одежде пепельного цвета, шедшими на работу в поле, с альпинистами в разноцветных костюмах, готовившимися к покорению очередной вершины.

Я помалкивала, стесняясь того, как скверно я говорю по-французски, но душа моя радовалась его радости.

Он был так счастлив, что все невольно улыбались, говоря с ним. Должно быть, сердце его что-то шепнуло ему, и теперь он знал: я люблю его. Это притом что он по-прежнему вел себя со мной как с подругой детства.

— Вижу, ты счастлив, — сказала я.

— Да, потому что всегда мечтал бродить по этим горам с тобой, собирать позлащенные солнцем плоды.

«*Позлащенные солнцем плоды*». Эту стихотворную строчку написал кто-то давным-давно, а он повторил ее — очень вовремя и очень к месту.

— Есть, наверно, и другая причина того, что ты счастлив, — заметила я, покуда мы с ним кружили по этому городку с таким причудливым фонтаном на площади.

— Да? И какая же?

— Ты знаешь, что мне хорошо. Ты ведь несешь ответственность за то, что сегодня я — здесь, лазаю по настоящим горам, а не по горам учебников и тетрадей. Ты сделал меня счастливой. А разделяя счастье с другим, мы умножаем счастье.

— Ты прогнала Другую?

— Как ты догадался?

— Догадался потому, что ты тоже стала совсем другой. А еще — потому что в жизни каждого из нас приходит время совершить это изгнание.

Но Другая неотступно следовала за мной все утро. Пыталась подобраться поближе. Но с каждой минутой голос ее становился все слабее, а образ ее терял четкость очертаний, будто таял. Мне припомнилось, как в финале фильмов про вампиров злобное чудовище рассыпается в прах.

Мы проходим мимо еще одного столбика с крестом — и здесь тоже он увенчан образом Девы, а не Иисуса.

— О чем ты думаешь? — спросил он.

— О вампирах. О существах, порожденных ночной тьмой и наглухо запертых в самих себе. Они так отчаянно ищут себе спутника. Но любить не способны. Именно поэтому существует поверье, что убить вампира можно, лишь если загонишь ему кол прямо в сердце. Если это удается сделать, то очнувшееся сердце высвобождает энергию любви, которая уничтожает зло.

— Мне никогда это не приходило в голову. Но, думаю, ты прав.

Мне удалось вогнать этот кол прямо в сердце. И оно, освободясь от заклятия, открылось навстречу всему сущему. В нем не осталось места Другой.

Тысячу раз мне хотелось сжать его руку, и тысячу раз я удерживала свой порыв. Я пребывала в смятении — мне хотелось сказать, что я люблю его, но не знала, как начать.

Мы говорили о горах, говорили о реках. Мы почти на целый час заблудились в лесу, но все же нашли верную тропинку. Мы ели припасенные бутерброды и утоляли жажду талым снегом. Когда солнце стало клониться к закату, решили вернуться в Сент-Савен.

Наши шаги гулко отдавались под каменными сводами. Я машинально поднесла руку к чаше со святой водой и осенила себя крестным знамением. Мне припомнились его слова: вода — это символ Богини.

— Пойдем туда, — сказал он.

По темной пустой церкви мы подошли к тому месту, где под главным алтарем находилась гробница святого Савена, отшельника, жившего в начале первого тысячелетия. Уже несколько раз ее рухнувшие стены возводились вновь.

Да, есть такие места — война, преследования, безразличие прокатываются по ним и уничтожают их, но они остаются священными. А потом кто-нибудь придет сюда, взглянет, заметит, что чего-то недостает, — и восстановит.

Я смотрела на образ распятого Христа, и у меня возникало странное, но очень отчетливое ощущение, будто голова Его поворачивается вслед за мной.

— Сюда.

Мы стояли перед алтарем Богоматери.

— Взгляни на образ.

Мария с младенцем на руках. Иисус указывает в небеса.

Я сказала о том, что вижу.

— Присмотрись повнимательней, — настойчиво сказал он.

Я вглядываюсь во все детали деревянной скульптуры, раскрашенной и позолоченной, восхищаюсь тем, с каким совершенством мастер вырезал складки одеяния Приснодевы. И только теперь вижу наконец воздетый пальчик Христа-младенца и понимаю, о чем толкует мой друг.

Хотя Иисус сидит на руках Марии, на самом деле Он держит Ее. И кажется, будто поднятая к небесам рука Младенца возносит Ее к небесам. Возвращает туда, где пребывает Ее Жених.

— Художник, создавший эту скульптуру больше шестисот лет назад, знал, чего хочет.

По деревянному полу гулко прозвучали чьи-то шаги. Вошедшая в церковь женщина подошла к главному алтарю и зажгла перед ним свечу.

Мы стояли молча и неподвижно, боясь помешать ее безмолвной молитве.

«Любовь не знает постепенности», — думала я, глядя, как самозабвенно он созерцает образ Девы. Еще накануне мир был исполнен смысла и без его присутствия. А теперь мне необходимо, чтобы он стоял рядом — иначе истинное сияние каждой вещи сокрыто от меня.

Когда женщина вышла, он заговорил снова:

— Художник знал Великую Мать, Богиню, милосердный лик Бога. Ты задала мне вопрос, а я до этой минуты не мог ответить тебе вразумительно. Ты спросила, откуда я все это знаю, где выучился всему этому, так ведь?

«Нет, не так, я спросила, и ты ответил», — хотела сказать я, но промолчала.

— Я выучился так же, как этот художник, — продолжал он. — Я принял любовь, сошедшую с поднебесных высот. Я не упирался, когда меня вели. Ты, должно быть, помнишь то письмо, где я говорил о своем желании уйти в монастырь. Я так и не рассказал тебе об этом, но желание мое осуществилось.

И мне тут же вспомнился разговор перед лекцией. Сердце мое заколотилось, я устремила пристальный взгляд на лик Девы. Она улыбалась.

«Этого не может быть, — думала я. — Если даже он и ушел, то, значит, потом покинул его. Пожалуйста, скажи мне, что оставил семинарию».

— Юность моя прошла бурно и насыщенно, — меж тем продолжал он, не пытаясь угадать ход моих мыслей. — Я познал другие народы, повидал иные пейзажи. Я искал Бога по всему белому свету. Я любил других женщин. Я овладел множеством профессий.

Вновь кольнула меня ревность. «Нельзя допустить, чтобы вернулась Другая», — произнесла я про себя, не сводя глаз с улыбающейся Девы.

— Мистерия жизни завораживала меня, и я хотел лучше постичь ее смысл. На мои расспросы люди отвечали, что, мол, этот знает то, а тот — это. Я побывал в Индии и в Египте. Познакомился со знатоками магии и медитации, с алхимиками и священнослужителями. И наконец открыл для себя то, что следовало открыть: Истина неизменно пребывает там же, где Вера.

Истина неизменно пребывает там же, где Вера. Я снова и по-новому оглядела церковь — источенные временем каменные плиты, столько раз падавшие во прах и столько раз восстановленные. Что подвигало людей на неслыханное упорство, на титанический труд? Что заставляло их выбиваться из сил, чтобы вновь воздвигнуть — в глуши, на горных вершинах — этот маленький храм?

Что? — Вера.

— Своя правота была у буддистов, своя правота — у кришнаитов, своя — у индусов, у мусульман, у иудеев. Если человек идет непритворной стезей веры, он сумеет слиться с Богом и обретет способность творить чудеса. Но мало было узнать это — требовалась еще и решимость сделать выбор. Я выбрал католичество, потому что в этой вере был воспитан, ее чудесами проникнуты годы моего детства. Если бы я родился иудеем, то выбрал бы иудаизм. Бог — един, хоть и носит тысячу имен, но именно и только тебе надлежит выбрать, каким именем ты будешь звать его.

Снова раздались шаги.

Какой-то человек приблизился, оглядел нас, потом подошел к центральному алтарю и убрал два подсвечника. Вероятно, это был ризничий или причетник.

Я вспомнила старика, который не хотел пускать нас в часовню. Но этот человек не произнес ни слова. Когда же он вышел, мой друг сказал мне:

— Сегодня вечером у меня встреча.

— Пожалуйста, не отвлекайся. Рассказывай дальше.

— Я поступил в семинарию, находящуюся здесь поблизости. Четыре года я изучал все, что мог. В этот период я познакомился с Иллюминатами, с Харизматиками, с приверженцами течений, пытавшимися отворить двери, запертые много лет назад. Я понял, что Бог — не тот палач, которым меня стращали в детстве. Возникла попытка вернуться к первоначальной, ничем не запятнанной, невинной сущности христианства.

— Не прошло и двух тысяч лет, как они осознали, что Христос и Церковь — не одно и то же? — со сдержанной иронией спросила я.

— Можешь шутить, сколько хочешь, но речь идет именно об этом. Я стал учиться у одного из тех монахов, кто возглавлял нашу обитель. И он внушил мне, что необходимо принять огонь откровения, Святой Дух.

От его слов сердце мое сжималось. А Дева по-прежнему улыбалась, и младенец Иисус глядел на меня весело. Когда-то и я веровала во все это, но прошло время — и возникшее с прожитыми годами ощущение того, что я научилась рассуждать логично, здраво и стою на земле обеими ногами, отдалило меня от религии. Как было бы хорошо, если бы воскресла во мне та прежняя, детская, столько лет сопровождавшая меня вера — вера в ангелов и в чудеса! Но одним лишь хотением ее не вернуть.

— Мой наставник сказал мне: «***Если поверишь, что знаешь***, то в конце концов узнаешь», — продолжал он. — В одиночестве своей кельи я стал разговаривать сам с собой. Я молился, чтобы Святой Дух снизошел ко мне и научил меня всему, что мне надлежит знать. И вскоре понял, что одновременно с моим звучит и другой, мудрый голос, произнося за меня слова.

— Со мной такое тоже бывало, — перебила я его.

Он выжидательно замолчал, но я больше ничего не сумела сказать.

— Говори же, я слушаю.

Но слова у меня не шли с языка. Он говорил о таких прекрасных вещах, я не смогла бы подобрать столь же выразительных слов.

— Другая все время пытается вернуться, — сказал он, словно отгадав мои мысли. — Другая боится ненароком брякнуть глупость.

— Да, — ответила я, изо всех сил стараясь одолеть страх. — Иногда случается, что я говорю с кем-нибудь с жаром и увлечением и вдруг в какой-то момент начинаю произносить такое, о чем никогда раньше не задумывалась. Мне кажется, будто я всего лишь передаю мысли того, кто несравненно умнее меня и гораздо лучше разбирается в жизни. Но это бывает редко. Обычно предпочитаю помалкивать и слушать. И верю, что узнаю что-то новое, хотя в конце концов все забываю.

— Нет ничего более непостижимого для человека, чем он сам. Если будем мы иметь веру с горчичное зерно, то сдвинем эту гору. Вот это я усвоил. И сегодня я удивляюсь, с уважением слушая свои собственные слова. Апостолы были неграмотными, невежественными рыбаками. Но они принимали огонь, сходящий с небес. Они не стыдились своего невежества — у них была вера в Святого Духа. Этот дар принадлежит лишь тому, кто захочет принять его. Достаточно лишь поверить, принять и не бояться совершить ошибку.

Дева с улыбкой стояла передо мной. Вот уж у кого были все основания плакать — а она улыбалась.

— Продолжай, — сказала я.

— Я уже все сказал. Надо принять дар. И тогда он проявится, обретет свое выражение.

— Эта штука так не работает.

— Разве ты не понимаешь меня?

— Понимаю. Но я — такая же, как и все прочие люди: я боюсь. Тем, о чем ты говоришь, можешь воспользоваться ты, твой сосед, но не я.

— Все изменится, когда ты поймешь, что мы подобны вот этому младенцу перед нами, что глядит на нас.

— Но к этому времени все мы осознаем, что подходим слишком близко к свету и не сможем возжечь свое собственное пламя.

Он ничего не ответил.

— Ты не договорил насчет семинарии, — спустя некоторое время напомнила я.

— Я не уйду из семинарии.

И прежде чем я успела что-то ответить, встал и направился к алтарю.

Я не шевельнулась. Голова пошла кругом, я не понимала, что происходит. «Не уйду из семинарии»!

Лучше не думать. Плотина прорвана, любовь затопила душу, и поток мне не сдержать. Есть еще один выход — призвать на помощь Другую, ту, кого душевная слабость делала суровой, а робость — холодной, но я больше не хотела этого. Я больше не могла смотреть на жизнь ее глазами.

Думы мои прервал внезапно раздавшийся звук — пронзительный и долгий, словно рядом кто-то взял ноту на гигантской флейте. Сердце мое заколотилось.

За первым звуком последовал второй. Потом еще один. Я оглянулась назад: деревянная лестница вела на небрежно сколоченный помост, резко контрастировавший с ледяной красотой и гармонией церкви. На помосте я увидела старинный орган.

И — его. В полутьме я не различала лица, но знала — он там.

Я поднялась с места, но тотчас прозвучал его взволнованный голос:

— Пилар! Оставайся на месте!

И я повиновалась.

— Пусть Великая Мать вдохновит меня, — продолжал он. — Пусть музыка сегодня станет моей молитвой.

И начал играть «Аве Мария». Было часов шесть, наступало время «Ангелуса»*, время, когда свет и тьма перемешиваются. Звуки органа гулко разносились по пустой церкви, проникая, казалось, в древние камни ее стен, перемешиваясь с духом легенд и жаром молитв, окутывавших статуи святых. Я закрыла глаза, чтобы музыка проникла мне в самую душу, смыла с нее страх и чувство вины, внушила мне, что я — лучше, чем думала, сильней, чем считала себя.

Я испытывала неистовое желание помолиться, и с тех пор, как я свернула с дороги веры, такое со мной было впервые. Я по-прежнему сидела на скамейке, но душа моя преклонила колени перед Богоматерью, простерлась у ног женщины, которая сказала

«*да*»

хотя могла бы сказать «*нет*», и тогда ангел отыскал бы другую, и ее отказ вовсе не был бы в глазах Господа грехом, потому что Господь знает всю меру слабости детей Своих. Но она сказала

«*да будет воля Твоя*»

---

* Вечерняя католическая молитва. — *Прим. перев.*

хотя сознавала, что вместе со словами ангела получает страдания и муки выбранной ею судьбы; хотя глазами души уже могла различить, как сын ее возлюбленный покидает отчий дом, как люди идут за ним следом, а потом отрекаются от него, но она сказала

«*да будет воля Твоя*»

хотя в самый высший, самый священный в жизни каждой женщины миг она должна была оказаться в хлеву и родить в окружении скотов, ибо так заповедано было Писанием,

«*да будет воля Твоя*»

хотя когда в смятении она отыскивала своего мальчика на улицах, то нашла его в храме. И он попросил не мешать ему, потому что ему нужно выполнить иные обязательства, исполнить иной долг,

«*да будет воля Твоя*»

хотя знала, что до конца дней его будет искать сына, и клинок страдания навсегда останется в ее сердце, и ежеминутно будет она трепетать за его жизнь, ибо она — под угрозой, а он преследуем и гоним,

«*да будет воля Твоя*»

хотя, встретив его в толпе, она не сумеет приблизиться к нему,

«*да будет воля Твоя*»

хотя, когда она попросила кого-то сообщить ему, что она — здесь, он, указав рукою своей на учеников своих, велел передать ей: «вот матерь моя и братья мои»,

«да будет воля Твоя»

хотя, когда все было кончено и все бежали прочь, у подножья креста, снося насмешки врагов и трусость друзей, остались только она, да еще другая женщина, да один ученик,

«да будет воля Твоя»

Господи, да будет воля Твоя. Ибо Тебе ведомо, сколь слабы сердца детей Твоих, и на каждого Ты взваливаешь лишь то бремя, которое ему по силам нести. Ибо Ты понимаешь мою любовь, потому что это — то единственное, что в самом деле принадлежит мне, то единственное, что смогу я взять с собой в иную жизнь. Господи, сделай так, чтобы она сохранила отвагу и чистоту, чтобы сумела выжить и обойти все ловушки и капканы, расставленные ей миром, не свалиться в пропасти его и бездны.

Звуки органа замерли, и солнце скрылось за вершинами гор, — это произошло разом, будто повиновалось движению одной и той же Руки. Музыка и впрямь стала его молитвой, и молитва его была услышана. Я открыла глаза — церковь была погружена во тьму, и лишь одна-единственная свеча горела перед образом Девы.

И вот я услышала его приближающиеся шаги. Свет одинокой свечи озарил мои слезы и мою улыбку — она, хоть и не была так прекрасна, как улыбка Девы, показывала, что сердце мое живо.

Он смотрел на меня, я — на него. Моя рука стала искать и нашла его руку. Я почувствовала, что теперь его сердце забилось чаще — я почти слышала глухие удары, ведь мы стояли в тишине и молчании.

Но моя душа была покойна и сердце — умиротворено.

Я сжала его руку, он обнял меня. Не могу сказать, как долго оставались мы у подножья статуи, не знаю, сколько это длилось, — время замерло.

Дева смотрела на нас. Юная крестьянка, сказавшая своей судьбе «да». Женщина, согласившаяся выносить во чреве сына Бога, а в сердце — любовь к Богине. Она способна понять нас.

Я ни о чем не хотела его спрашивать. Мгновений, проведенных в церкви, с лихвой хватило, чтобы придать смысл нашей поездке. Четырех дней, проведенных с ним, с лихвой хватило, чтобы этот год, не отмеченный ничем существенным, стал значителен и важен.

И потому я ни о чем не спрашивала его. Взявшись за руки, мы вышли из церкви, вернулись в нашу комнату. Голова у меня шла кругом — семинария, Вели-

кая Мать, встреча, которая должна состояться у него с кем-то сегодня вечером.

И тогда я осознала: и он, и я хотим вверить наши души единой судьбе, однако существует семинария во Франции и университет в Сарагосе. Сердце мое сжалось. Я поглядела на средневековые домики, на колодец, у которого сидели мы прошлой ночью. Мне припомнилась молчаливая печаль Другой женщины — той, кем я была еще так недавно.

«Боже, Ты видишь — я пытаюсь воскресить мою прежнюю веру. Не покидай, не оставляй меня, раз уж случилась со мной такая история», — взмолилась я, отгоняя страх.

Он спал недолго, и я проснулась, глядя в черный провал окна. Потом мы заснули снова, проснулись, поужинали с нашими неразговорчивыми хозяевами, и он попросил у них ключ от дома.

— Сегодня мы вернемся поздно, — сказал он хозяйке.

— Молодым надо развлечься, — кивнула та. — И провести праздники как можно лучше.

— Я должна спросить кое о чем, — сказала я, когда мы садились в машину. — Не хотела, но ничего не могу с собой поделать.

— О семинарии?

— Да. Я не понимаю, — ответила я, а сама подумала: «Хотя теперь это не имеет никакого значения».

— Я всегда тебя любил, — начал он. — У меня были другие женщины, но любил я только тебя. Я постоянно носил с собой ладанку, надеясь, что когда-нибудь верну ее тебе, что наберусь храбрости и скажу: «Я люблю тебя». Какой бы дорогой ни шел я в мире, она непременно приводила меня к тебе. Я писал тебе и со страхом вскрывал каждый конверт, надписанный твоей рукой, — ведь любое из ответных писем могло принести мне весть о том, что ты встретила другого. Именно тогда я услышал призыв сферы духовного. А точнее сказать — я откликнулся на этот зов, потому что он присутствовал во мне — как и в тебе — с детства. Я понял, что Бог занимает слишком важное место в моей жизни и что мне не знать счастья, если не буду следовать моему призванию. Лик Христа я узнавал в чертах каждого из тех бедняков, что встречались мне в мире, и я не мог не видеть Его.

Он замолчал, а я решила не торопить его.

Через двадцать минут он затормозил, и мы вышли из машины.

— Мы в Лурде, — сказал он. — Тебе бы повидать все это летом.

А сейчас я видела безлюдные улицы, закрытые магазины, стальные решетки перед подъездами гостиниц.

— Летом здесь бывает шесть миллионов приезжих, — с воодушевлением продолжал он.

— Не знаю, как тут летом, а сейчас он напоминает город-призрак.

Мы перешли мост. Одна из створок исполинских железных ворот — с фигурами ангелов по бокам — была открыта. И мы вошли.

— Расскажи, что было дальше, — попросила я, хотя совсем недавно решила не настаивать на продолжении. — Расскажи, как узнается лик Христа на лицах людей.

Но тотчас поняла — он не хочет продолжать рассказ. Быть может, теперь не время и здесь не место. Но если уж начал, должен завершить.

Мы зашагали по просторному проспекту, по обе стороны которого тянулись заснеженные поля. В глубине вырисовывался силуэт собора.

— Расскажи, — повторила я.

— Да ты уже все знаешь. Я поступил в семинарию. Еще на первом году я попросил, чтобы Господь помог мне превратить мою любовь к тебе в любовь ко всему человечеству. На втором курсе я понял, что молитва моя услышана. На третьем — как ни тосковал я, возникла непреложная уверенность, что моя любовь мало-помалу переплавляется в милосердие, в молитву, в помощь всем, кто в ней нуждается.

— Зачем же ты снова отыскал меня? Зачем снова разжег во мне это пламя? Зачем рассказал об изгнании Другой и открыл мне глаза на то, как нелепо и убого я живу?

Голос мой дрожал, слова путались. С каждым мгновением он был все ближе к семинарии и все дальше от меня.

— Зачем вернулся? Зачем лишь сегодня рассказал мне эту историю — ведь ты видел, что я начинаю любить тебя?!

— То, что я скажу, покажется тебе глупостью, — отвечал он, чуть помедлив.

— Не покажется! Я больше не боюсь быть смешной. И научил меня этому ты.

— Два месяца назад мой духовный руководитель попросил, чтобы я вместе с ним съездил к одной женщине — она умирала и собиралась завещать нашей семинарии все свое имущество. Мой наставник должен был составить его опись. Она жила в Сент-Савене.

Собор был уже совсем недалеко. Я подсознательно чувствовала: как только мы дойдем до него, разговор прекратится.

— Не останавливайся, — попросила я. — Я заслужила объяснение.

— Я помню ту минуту, когда вошел в ее дом. Окна выходили на Пиренеи, и солнце, казавшееся еще ослепительней от блеска снега, заливало все вокруг. Я занялся было описью, но очень скоро вынужден был остановиться. Дело в том, что вкусы покойной в точности совпадали с моими — она покупала те же диски, что и я, слушала ту же музыку, которую слушал бы и я, разглядывая этот пейзаж за окном. На полках было много книг — кое-какие из них я читал, а другие с удовольствием бы прочел. И мебель, и картины, и всякие мелочи, разбросанные по комнатам, — все было таким, словно я сам их выбирал. И с того дня я уже не мог себя заставить не думать об этом доме. Всякий раз, как я входил в часовню, чтобы помолиться, я вспоминал, что мое отречение от мира оказалось неполным. Я представлял себе, как живу в таком же доме с тобой, слушаю эту музыку, гляжу на заснеженные вершины гор, на огонь в камине. Я представлял, как бегают по комнатам наши с тобой дети, как играют они в полях, окружающих Сент-Савен.

А я, хоть никогда в жизни не бывала в этом доме, точно знала, как он выглядит. И мне хотелось, чтобы он не произносил больше ни слова — тогда я смогла бы помечтать.

Но он продолжал:

— Две недели назад я не совладал с душевной истомой. Разыскал своего наставника, рассказал ему обо всем, что происходит. Признался в том, что люблю тебя, и в том, какие чувства испытывал, составляя опись.

За окном пошел мелкий дождик. Я опустила голову, плотней запахнула жакет. Я боялась узнать, что было дальше.

— А он мне сказал: «Многообразны и различны пути служения Господу. Если ты считаешь, что это — твоя судьба, ступай, ищи ее. Только тот, кто счастлив, способен распространять счастье». «Не знаю, это ли моя судьба, — сказал я ему. — Решив затвориться в этом монастыре, я обрел мир в душе». «Что ж, иди в мир, разреши все и всяческие сомнения, — отвечал он. — Оставайся в мире или возвращайся в семинарию. Но в том месте, которое изберешь для себя, ты должен пребывать в целокупности. Царство разделенное падет под натиском неприятеля*. Человек разделенный не сумеет с достоинством и отвагой глядеть жизни в лицо».

Он что-то вытащил из кармана и протянул мне. Это был ключ.

— Мой наставник дал мне ключ от дома этой женщины и сказал, чтобы я не торопился распродавать ее имущество. Я знаю — он хотел, чтобы я вернулся туда с тобой. И это он устроил мне лекцию в Мадриде для того, чтобы мы с тобой снова встретились.

Я поглядела на ключ в его руке и молча улыбнулась. Но в груди моей будто благовестили колокола, над

* Перефразирован стих из Евангелия: «...всякое царство, разделившееся само в себе, опустеет» (Лк 11:17). — *Прим. перев.*

головой — распахнулись небеса. Он будет служить Богу, но по-своему — рядом со мной. Потому что я буду сражаться за это.

— Возьми, — сказал он.

Я протянула руку, сжала в пальцах ключ, спрятала его в карман.

Базилика собора была уже перед нами. Прежде чем я успела вымолвить хоть слово, кто-то заметил его и устремился к нему. Назойливо моросил дождик, и, не зная, сколько времени мы проведем здесь, я ни на миг не забывала, что вымокнуть мне нельзя — переодеться-то не во что.

Я попыталась думать только об этом и гнала прочь мысли о доме — о том, что подвешено между небом и землей и ожидает, когда прикоснется к нему рука судьбы.

Он окликнул меня и, когда я подошла, представил нескольким людям. Кто-то осведомился, откуда мы приехали, и, когда он назвал Сент-Савен, сказал, что там похоронен святой отшельник. Легенда гласит, что именно он первым открыл колодец посреди площади и что городок поначалу задумывался как прибежище для верующих, которые не желали жить прежней жизнью и уходили в горы на поиски Бога.

— Они и сейчас там, — услышала я еще чей-то голос.

Я не знала, правдива ли эта история, и понятия не имела о том, кто такие эти «они».

Подошли еще люди, и все направились ко входу в пещеру. Человек, выглядевший старше других, заговорил со мной по-французски, но, увидев, что я почти ничего не понимаю, перешел на ломаный испанский:

— Вы пришли сюда с очень особенным человеком. С человеком, который творит чудеса.

Я ничего не ответила, но мне вспомнился вечер в Бильбао и отчаявшийся человек, который кинулся к нему. Он не сказал мне тогда, куда пошел, а мне это было не интересно. А теперь мои мысли были сосредоточены на доме — я точно знала, каким он окажется: какие там будут книги и диски, какой пейзаж за окном.

Есть место в мире, где стоит наш истинный дом, куда в один прекрасный день мы придем. Дом, где я буду спокойно дожидаться его возвращения. Дом, куда прибежит после уроков девочка или мальчик, наполняя все вокруг радостью бытия.

Люди шли молча, сутулясь под дождем, пока не добрались до того места, где происходили Явления. Все было в точности так, как я это себе представляла, — пещера, статуя Богоматери и закрытый стеклом источник, где некогда и случилось чудо. Кое-кто из паломников молился, другие просто сидели молча и с закрытыми глазами. Перед пещерой текла река, и шум ее подействовал на меня успокаивающе. Увидев образ

Приснодевы, я прошептала краткую молитву — попросила Богоматерь помочь мне, ибо моему сердцу больше не нужны страдания.

«Если мне суждены муки, пусть приходят они поскорее, — говорила я. — Потому что передо мной — целая жизнь, и нужно использовать ее как можно лучше. Если ему предстоит сделать выбор, пусть сделает его немедля. Тогда я буду ждать его. Или позабуду. Ждать — мучительно. Забывать — больно. Но горшее из страданий — не знать, какое решение принять».

Сердцем я поняла, что моя молитва услышана.

Среда, 8 декабря 1993

Когда часы над базиликой пробили полночь, вокруг нас собралось уже довольно много людей — не меньше сотни. Среди них были священники и монахини, и все неподвижно стояли под дождем, не сводя глаз с образа.

— Слава тебе, Пресвятая Дева Непорочно Зачавшая! — произнес кто-то рядом со мной, и как раз в этот миг раздался последний удар часов.

— Слава! — отозвались все хором и захлопали в ладоши.

К нам немедленно приблизился сторож и попросил соблюдать тишину — мы беспокоим других богомольцев.

— Но мы приехали издалека, — сказал кто-то из нашей группы.

— Они тоже, — отвечал сторож, указывая на людей под дождем. — Однако возносят молитвы молча.

Мне бы так хотелось, чтобы сторож прекратил доступ к святыне. Я хотела оказаться вдали отсюда — наедине с ним, взять его за руки, высказать ему все, что чувствую. Мы стали бы строить планы, поговорили бы о доме — и о любви. Я успокоила бы его, я была бы с ним нежна и ласкова, я сказала бы, что мечта его близка к осуществлению — потому что я рядом с ним и буду помогать ему.

Сторож сразу же удалился, а один из священников вполголоса начал молиться по четкам. Когда он дошел до «Верую», завершающей цикл молитв, все стояли неподвижно, с закрытыми глазами.

— Кто они, эти люди? — спросила я.

— Харизматики, — ответил он.

Я уже слышала это слово, но не могла бы объяснить его значение. Он понял это.

— Это люди, которые принимают огонь Святого Духа. Огонь, оставленный Иисусом, огонь, от которого лишь немногим удается затеплить свои свечи. Это люди, близкие к первоначальной истине христианства, когда все могли творить чудеса. Это люди, ведомые Женой, Облеченной в Солнечный Свет, — сказал он, указывая глазами на статую Девы.

Люди разом, будто подчиняясь им одним слышной команде, негромко запели.

— Ты вся дрожишь. Замерзла? Ты можешь не принимать участия в этом.

— А ты?

— Я останусь. Это — моя жизнь.

— Тогда и я останусь, — ответила я, хотя предпочла бы оказаться далеко отсюда. — Если это — твой мир, я хочу стать его частицей и буду учиться этому.

Люди продолжали петь. Я закрыла глаза, попыталась следовать за мелодией, как бессмысленный набор звуков произнося французские слова, которых не понимала. Так время проходило скорей.

Все это скоро кончится. И мы сможем вернуться в Сент-Савен. Мы будем вдвоем: он и я.

Я продолжала бездумно, машинально петь и вскоре поняла, что музыка завораживает меня, словно живет собственной жизнью и оказывает на меня гипнотическое действие. Зябкий озноб прошел, я уже не обращала внимания на дождь, не вспоминала о том, что мне не во что переодеться. Музыка ласкала меня, поднимала мне дух, переносила в те времена, когда Бог был ближе и помогал мне.

И когда я уже почти совсем растворилась в мелодии, она оборвалась.

Я открыла глаза. На этот раз вмешался не сторож, а священник. Он подошел к своему коллеге из числа молящихся и, что-то вполголоса сказав ему, ушел.

Второй священник повернулся к нам:

— Нам придется вознести наши молитвы с другого берега реки.

И вот мы в молчании направляемся в указанное место. Поднимаемся на мост, находящийся почти напротив пещеры, оказываемся на противоположной стороне реки. Здесь красиво — деревья, пустырь и река, которая теперь пролегла между нами и пещерой. Отсюда ясно видна освещенная статуя Пресвятой Девы, и мы можем петь в полный голос, не опасаясь, что наша молитва помешает молитве других паломников.

Не у меня одной возникает такое ощущение — оно словно бы передается всем: люди начинают петь громче, поднимая головы к небу и улыбаясь, а капли дождя меж тем текут по их лицам. Кто-то воздевает руки, и через мгновение все следуют его примеру и покачиваются из стороны в сторону в ритме музыки.

Во мне происходит внутренняя борьба — я и растворяюсь в этом единстве, и в то же время хочу внимательно наблюдать за тем, что происходит вокруг меня. Какой-то священник рядом со мной поет по-испански, и я начинаю вторить ему, повторяя его слова. Это призывы к Святому Духу и Деве — чтобы сошли на молящихся, осенили каждого из них своей благодатью, одарили Своим могуществом.

— Пусть дар языков снизойдет на нас, — сказал другой священник и потом повторил эту фразу по-испански и по-итальянски.

Я не вполне осознала то, что произошло потом. Каждый из стоявших вокруг меня людей начал говорить на неведомом мне языке. Это была не столько речь, сколько бессвязный шум — слова, казалось, шли прямо из души, безо всякой логической последовательности. Я сейчас же вспомнила о нашем разговоре в церкви, когда он говорил об откровении и о том, что всякое знание состоит прежде всего в умении слушать голос собственной души.

«Быть может, это язык ангелов», — подумала я, пытаясь подражать им и чувствуя, что это нелепо.

Все, словно в трансе, смотрели на другой берег реки, на статую Девы. Я поискала его глазами, увидела, что он отошел от меня, воздев руки к небу, и тоже быстро произносит какие-то слова, как будто говорит с Ней. Он то улыбался, соглашаясь, то словно бы недоумевал.

«Вот его мир», — подумала я.

Все это начинало внушать мне страх. Мужчина, которого я хотела удержать рядом, говорил, что Бог принадлежит и к женскому полу, произносил слова на неведомых, недоступных разумению языках, впадал в транс и, казалось, был близок к ангелам. И вымечтанный мною дом на горе уходил из реальности, становился частицей того мира, что был оставлен им позади.

Последние несколько дней, начиная с мадридской лекции, стали представляться мне неким сном, путешествием вне времени и пространства моей жизни. Но этот сон был проникнут ощущением бескрайности мира, увлекательности книги, духом новых приключений. Как бы ни боролась я, мне было известно, что любовь легко воспламеняет женское сердце, так что мое позволение ветру дуть, а воде повалить стену плотины — это лишь вопрос времени. Как бы ни была я настроена против этого в принципе, мне уже случалось прежде любить, и теперь я размышляла, как разрешить сложившуюся ситуацию.

Но было тут кое-что такое, чего постичь я была не в силах. Не этой католической вере учили меня на уроках Закона Божьего. Не таким видела я и представляла себе спутника моей жизни.

«Спутник моей жизни... какое странное словосочетание», — подумала я и сама удивилась моим мыслям.

Река и грот породили в моей душе страх и ревность. Страх — потому что это было ново для меня, а новое всегда пугает. Ревность — потому что я постепенно стала постигать: любовь — больше, чем мне представлялось, любовь вторгается в такие пределы, шествует по таким краям, куда никогда не ступала моя нога.

«Прости меня, Пресвятая Дева, — сказала я. — Прости за то, что я, такая жалкая, ничтожная и убогая, осмеливаюсь требовать, чтобы этот человек любил меня одну». А что, если истинное его призвание — удалиться от мира, затвориться в семинарии и вести беседы с ангелами?

Сколько времени сможет он сопротивляться своему истинному влечению, сколько времени пройдет, прежде чем он оставит дом, чтение и музыку? И если даже он никогда не вернется в семинарию, какую цену придется мне уплатить за то, чтобы не подпускать его к осуществлению его подлинной мечты?

Казалось, все вокруг предельно сосредоточены на том, что делают, — все, кроме меня. Я не свожу с него глаз, а он говорит на языке ангелов.

Страх и ревность были вытеснены одиночеством. Ангелы нашли себе собеседника, а я стояла одна.

Не знаю, что побудило меня попытаться заговорить на этом странном языке. Быть может, острейшая необходимость встретиться с ним, встретиться и рассказать о том, что ощущаю. Быть может, я нуждалась в том, чтобы моя душа вела беседу со мной — сердце мое было переполнено сомнениями, и мне были нужны ответы.

Но я не знала толком, что делать, — росло и крепло сознание того, как я нелепа. Но рядом со мной, вокруг меня стояли люди — мужчины и женщины, старики и молодые, духовные лица и миряне, монахини и студенты. Их близость придала мне сил, и я попросила Святого Духа даровать мне сил для преодоления препоны страха.

«Попробуй, — сказала я себе. — Достаточно открыть рот и набраться храбрости для того, чтобы произнести слова, которых не понимаешь. Попробуй».

И я решила попытаться. Но прежде попросила, чтобы эта ночь, сменившая такой бесконечно-длинный день, что я толком и не помнила, когда же он начался, стала для меня ночью богоявления.

5 – 9166

И Бог, казалось, внял моей молитве. И слова стали выговариваться легче, и постепенно они теряли черты человеческого языка. Стыд уже не так терзал меня, а уверенности в себе прибыло, и язык сделался послушен и поворотлив. Я по-прежнему не понимала ничего из произносимого мной, но моей душе эти странные слова были внятны.

Я испытала прилив ликования оттого, что набралась храбрости и произношу бессмысленные слова. Я была свободна, я не нуждалась больше в том, чтобы искать или давать объяснения моим поступкам. Эта новообретенная свобода возносила меня к небесам — туда, где всепрощающая Великая Любовь, рядом с которой никогда не почувствуешь себя покинутой, снова раскроет мне объятья.

«Мне кажется, я вновь обретаю веру», — подумала я, удивившись всем тем чудесам, что способна творить любовь. Я чувствовала — Пресвятая Дева держит меня на руках, укрывая и согревая своим одеянием. Неведомые слова все легче и проворней срывались с моих губ.

Я заплакала, сама не понимая причины слез. Радость заполнила мое сердце, затопила всю меня без остатка. Она была сильней страхов, сильней моей убогой правоты, сильней стремления поставить под контроль каждую секунду моей жизни.

Я сознавала — эти слезы ниспосланы мне свыше, ведь еще в школе монахини внушали мне, что в миг наивысшего подъема святые плачут. Я открыла глаза, созерцая темное небо, почувствовала, как слезы перемешиваются со струйками дождя. Земля была жива, нисходящая с высот вода несла с собой чудо горних вершин. Мы были частицами этого чуда.

— Как хорошо, Бог может быть женщиной, — произнесла я вполголоса, покуда остальные пели. — Если это так, то именно Его женский лик научил нас любить.

— Давайте помолимся «шатрами», — сказал священник, тотчас повторив эту фразу по-испански, по-французски и по-итальянски.

Я снова почувствовала, что сбита с толку и не понимаю, что происходит. Кто-то приблизился ко мне, обвил рукой мои плечи. Кто-то другой обнял с другой стороны.

Обнявшись, мы ввосьмером образуем круг, наклоняемся вперед так, что наши головы соприкасаются.

Это и в самом деле похоже на живой шатер. Дождь усиливается, но никто не обращает на это внимания. Поза, в которой мы стоим, требует всего нашего внимания и тепла наших тел.

— Пресвятая Дева Непорочно Зачавшая, помоги моему сыну, сделай так, чтобы он нашел свой путь, —

говорит мужчина, обнимающий меня справа. — Прочтем «Аве Мария» для моего сына.

— Аминь, — отвечают остальные, и восемь голосов начинают молитву.

— Пресвятая Дева Непорочно Зачавшая, просвети меня, ниспошли мне дар целителя, — произносит женский голос из нашего «шатра». — Прочтем «Аве Мария».

Снова звучит «аминь», и следом — молитва. Каждый из восьмерых излагает свою просьбу, и все поддерживают ее своей молитвой. Я удивляюсь самой себе — потому что молюсь, как ребенок, и, как ребенок, верю, что нам будет дарована благодать.

На долю секунды установилась тишина. Я поняла, что пришел мой черед обратиться к Деве с молитвой. В других обстоятельствах я умерла бы со стыда — и ничего бы не сумела из себя выдавить. Но здесь было Присутствие, и оно придавало мне уверенности.

— Пресвятая Дева Непорочно Зачавшая, научи меня любить, как любила Ты, — слышу я свой голос. — Пусть эта любовь крепнет во мне и в том, к кому она обращена. Прочтем «Аве Мария».

Мы молимся вместе, и вновь приходит ко мне чувство освобождения. Столько лет боролась я против собственного сердца, ибо страшилась печали, страдания, забвения. Но я всегда знала, что истинная любовь — превыше всего этого, что лучше умереть, чем перестать любить.

Однако мне казалось, что лишь другие наделены отвагой, необходимой для этого, а у меня ее нет. И только сейчас поняла — есть! Если даже любовь несет с собой разлуку, одиночество, печаль — все равно она стоит той цены, которую мы за нее платим.

«Нельзя думать только об этом, я должна сосредоточиться на церемонии». Священник, который вел нашу группу, попросил разомкнуть кольцо и сказал, что теперь мы будем молиться за болящих. Люди молились, пели, танцевали под дождем, славя Господа и Пречистую Деву. Время от времени все начинали говорить на неведомых языках, покачивая из стороны в сторону воздетыми ввысь руками.

— Тот из нас, у кого хворает невестка, пусть знает, что она выздоравливает, — в какой-то момент сказала женщина.

Возобновились молитвы, а вместе с ними — песнопения и танцы. Время от времени раздавался голос этой женщины:

— Тот из нас, кто недавно потерял мать, пусть крепко верует, что она пребывает в царствии небесном.

Позже он рассказал мне, что это и есть дар пророчества, что некоторые люди обладают свойством предчувствовать, что сейчас происходит за тысячи миль от них или что вскоре произойдет.

Он так никогда и не узнал об этом, но я верила в силу голоса, говорившего о чудесах. Я ждала, что эта женщина вот-вот скажет о любви двоих из нас, я надеялась, что она возвестит — эту любовь благословили все ангелы, святые, Бог и Богиня.

Не знаю, сколько продолжалось это радение. Люди вновь принимались говорить на неведомых языках, пели, танцевали, воздев руки к небу, молились за ближних своих, просили ниспослать чудо, свидетельствовали, что благодать снизошла на них.

И наконец священник, руководивший церемонией, произнес:

— Давайте помолимся за всех тех, кто сегодня впервые участвует в этом харизматическом обновлении.

Стало быть, я здесь не одна такая. Сознание этого успокоило меня.

Вновь зазвучало песнопение. На этот раз я не пела вместе со всеми, а только слушала и просила, чтобы благодать осенила меня.

А нужно мне было многое.

— Примем благословение, — сказал священник.

Все повернулись к освещенной пещере на другом берегу реки. Священник прочел несколько молитв и благословил нас. После этого все расцеловались, поздравили друг друга с праздником и разошлись.

Он подошел ко мне. Лицо его было веселей, чем обычно.

— Ты вымокла насквозь, — сказал он.

— И ты тоже, — смеясь, ответила я.

Мы сели в машину и вернулись в Сент-Савен. Как я мечтала об этой минуте, а теперь, когда она наступила, — не знаю, что сказать. Какими словами описать дом в горах, книги и диски, обряд, неведомые языки и шатер, образованный восемью молящимися?

Он живет в двух мирах. Где-нибудь и когда-нибудь эти два мира сольются в один — и мне необходимо понять, как это произойдет.

Но слова в такие моменты ничего не значат. Любовь познается только любовью.

— У меня только один свитер, — сказал он, когда мы вошли в комнату. — Надень его. Завтра куплю себе другой.

— Давай повесим одежду на калорифер. К утру она высохнет, — ответила я. — А у меня есть майка, я ее вчера выстирала.

На несколько мгновений воцарилась тишина.

Одежда. Нагота. Холод.

В конце концов он вытащил из чемодана еще одну футболку.

— Сгодится вместо ночной рубашки?

— Конечно.

Я погасила лампу. В темноте стянула с себя промокшую одежду, развесила ее над калорифером и повернула регулятор на полную мощность.

Уличный фонарь давал достаточно света, чтобы он видел мой силуэт и знал, что я — голая. Я надела майку и нырнула под одеяло.

— Я люблю тебя, — услышала я его голос и сказала в ответ:

— Я учусь любить тебя.

Он закурил.

— Как, по-твоему, сейчас подходящее время?

Я знала, о чем он говорит. Поднялась и присела на край его кровати.

Красный огонек сигареты через равные промежутки времени освещал его лицо. Он взял меня за руку, и так мы просидели несколько мгновений. Потом я высвободилась и погладила его по голове.

— Ты не должен спрашивать, — ответила я. — Любовь не задает вопросы, ведь если мы начнем задумываться — начнем бояться. Это — необъяснимый страх, я не стану даже и пытаться облечь его в слова. Это может быть страх того, что тебя отвергнут, не примут, страх нарушить очарование. Звучит нелепо, но это так. А потому надо не спрашивать, а совершать поступки. Как ты сам и столько раз говорил — надо рисковать.

— Я знаю. И никогда прежде не спрашивал.

— Ты уже завладел моим сердцем, — сказала я, делая вид, что не слышала его слов. — Завтра можешь покинуть меня, но мы всегда будем вспоминать чудо этих дней; романтическую любовь, возможность, мечту. Но я думаю, что Господь в неизреченной и бесконечной мудрости своей запрятал ад посреди рая. И сделал это для того, чтобы мы всегда были настороже. Для того, чтобы мы, наслаждаясь радостью Милосердия, не забывали про столп Строгости.

Руки, гладившие мои волосы, напряглись.

— Ты — способная ученица, — сказал он.

Меня удивило это замечание, но потом я вспомнила: «Если поверишь, что знаешь, то в конце концов узнаешь».

— Не думай, что я такая уж недотрога, — сказала я. — У меня было много мужчин. Я крутила любовь с теми, кого толком и не знала.

— Я тоже, — ответил он.

Он хотел, чтобы это прозвучало непринужденно, но по тому, как изменились прикосновения его рук, я поняла — мои слова причинили ему боль.

— Но с сегодняшнего утра я вновь стала девственницей. Не пытайся понять — только женщина знает, о чем я говорю. Я заново открываю для себя любовь. И это постижение требует времени.

Он дотронулся до моей щеки. Я чуть прикоснулась губами к его губам и вернулась в свою кровать.

Сама не знаю, почему я вела себя так, а не иначе. Не понимаю — хотела ли я привязать его к себе еще крепче или отпустить на свободу.

Но этот день выдался уж таким долгим... Я была слишком утомлена, чтобы думать.

Ночью ко мне снизошли умиротворение и покой. Была минута, когда мне, остававшейся в глубоком сне, показалось, что я проснулась. Я ощущала рядом присутствие женщины, которую словно бы давно знала, и потому чувствовала себя надежно защищенной и любимой.

А по-настоящему я проснулась в семь часов от нестерпимой жары. Вспомнила, что включила обогреватель на полную мощность, чтобы просушить одежду. За окном было еще темно. Стараясь двигаться бесшумно, чтобы не разбудить его, я поднялась.

И, поднявшись, увидела, что его нет.

Меня охватила паника. И Другая, тотчас очнувшись, заговорила: «Ну, видишь? Стоило тебе согласиться, как он исчез. Все мужчины одинаковы».

Паника усиливалась с каждой минутой. Я не могла терять власть над собой. Но Другая говорила не умолкая:

«Я пока еще здесь. Ты позволила ветру сменить направление, ты отворила двери, и любовь ворвалась в твою жизнь, затопляя ее. Если будем действовать без промедления, еще успеем все снова взять под контроль».

Я должна перестать витать в облаках. Я должна быть осмотрительна.

«Он ушел, — продолжала Другая. — И тебе нужно как можно скорее выбраться из этой дыры. Твоя жизнь в Сарагосе еще не претерпела изменений — вернись к ней. Поспеши. Беги со всех ног. Пока не потеряла все то, что приобрела ценой таких усилий».

«У него, должно быть, были мотивы», — подумала я.

«У мужчин всегда находятся мотивы, — возразила мне Другая. — Мотивы мотивами, а женщина в результате остается одна».

Теперь мне необходимо решить, как вернуться в Испанию. Мозг должен быть занят постоянно.

«Обратимся к практической стороне, — сказала Другая. — Деньги».

Денег у меня не было вовсе. Надо спуститься, позвонить родителям — за их счет — и попросить выслать сколько-нибудь на дорогу.

Но сегодня — праздник, и деньги можно будет получить только завтра. Что я буду есть? Как объясню хозяевам, почему с уплатой им придется подождать два дня?

«Да ничего им не надо объяснять», — ответила Другая. Ну конечно, у нее есть опыт, она умеет справляться с такими ситуациями. Она — не ошалевшая от любви девчонка, а женщина, всегда, во всякую минуту жизни знающая, чего она хочет. И мне надо вести себя так, будто ничего не случилось, будто он скоро вернется. А когда придет перевод — заплатить и ехать восвояси.

«Прекрасно, — похвалила меня Другая. — Ты вновь становишься такой, как прежде. Не надо печалиться — когда-нибудь ты встретишь человека, которого сможешь любить, ничем не рискуя».

Я потрогала свои вещи — высохли. Теперь предстоит выяснить, в каком из этих городишек есть банк, а потом отправляться звонить, то есть заняться делом, и тогда у меня не останется времени плакать или тосковать.

И лишь в эту минуту я заметила записку:

«*Я — в семинарии. Собери свои вещи (ха-ха-ха!), вечером мы едем в Испанию. Буду после обеда*».

И чуть ниже: «*Я люблю тебя*».

Прижав записку к груди, я вместе с облегчением почувствовала себя жалкой и несчастной. И заметила, что Другая, явно озадаченная моей находкой, куда-то девалась.

Я тоже его любила. И с каждой минутой, с каждой секундой эта любовь крепла, росла и преображала меня. Я вновь обрела веру в будущее, и ко мне мало-помалу возвращалась вера в Бога.

И все это сделала любовь.

«Не желаю больше плутать в темных закоулках собственной души, — сказала я себе, решительно захлопывая дверь перед носом Другой. — Что с третьего этажа вывалиться, что с сотого — разницы никакой».

Так что если уж падать, то — с небоскреба.

— Покушайте сперва, — сказала хозяйка.

— Я не знала, что вы говорите по-испански, — с удивлением воскликнула я.

— Граница в двух шагах. Летом в Лурд наезжают туристы. Не смогу объясниться — не сдам комнаты.

Она поставила на стол поджаренный хлеб и кофе с молоком. Я внутренне приготовилась встретить этот день: каждый час будет тянуться год. Может быть, это угощение отвлечет меня?

— Вы давно с ним женаты? — спросила она.

— Это — моя первая в жизни любовь, — ответила я. И все на этом.

— Видите вон те вершины? — продолжала она. — Моя первая любовь погибла на одной из них.

— Но потом вы повстречали другого человека.

— Да, повстречала. И умудрилась вновь обрести счастье. Судьба распоряжается забавно: почти никто из моих знакомых не вступил в брак со своей первой любовью. А те, с кем это все же случилось, постоянно твердят мне, что пропустили нечто очень важное, что не пережили всего, что должны были... — Она вдруг осеклась. — Ой, простите. Я не хотела вас обидеть.

— Я и не обиделась.

— Знаете, я всегда смотрю на тот колодец. И думаю: если бы не святой Савен, который велел копать в этом месте и обнаружил воду, наш городок располагался бы ниже, возле реки.

— А при чем тут любовь? — спросила я.

— Этот колодец притягивает к себе людей, у каждого из которых — свои надежды, свои мечты, свои трудности. Однажды кто-то решился, отважился найти воду, и вода появилась, и все стали собираться вокруг нее. Просто я думаю, что когда мы смело ищем любовь — любовь обнаруживается, а мы притягиваем к себе новую и новую любовь. Если тебя любит один человек, значит, любят все. А если ты одинок — значит, станешь еще более одиноким. Так вот забавно устроена жизнь.

— Вы не слыхали про книгу под названием *И Цзин*? — спросила я.

— Нет, никогда.

— Там говорится, что можно изменить город, но нельзя перенести в другое место колодец. Влюбленные встречаются, утоляют свою жажду, строят свои дома, растят детей — и все это вокруг него. Но если один из влюбленных захочет уйти, колодец не сможет последовать за ним. Оставленный колодец останется на том же месте, он, хоть и заброшен, будет полон чистой водой прежнего.

— Такие речи больше подходят старухе, на долю которой выпало много страданий, а не молоденькой женщине, — сказала она.

— Нет. Я всегда боялась. Я никогда не рыла колодцев. Сейчас я это делаю впервые и не хочу позабыть о том, как это рискованно.

Тут я что-то нащупала в кармане и, поняв, что это, похолодела. Отставила чашку с кофе.

Ключ. Он дал мне ключ.

— В вашем городке жила одна женщина, перед смертью завещавшая все свое имущество семинарии в Тарбесе, — сказала я. — Вы знаете, где ее дом?

Хозяйка открыла дверь и показала на один из средневековых домиков на площади.

— Вот он. Два священника провели там почти два месяца. И... — она запнулась, с сомнением глядя на меня, но потом договорила: — И один из них очень похож на вашего мужа.

— Это он и есть, — уже с порога сказала я, очень довольная тем, что позволила эту шалость ребенку, живущему у меня в душе.

Я остановилась перед домом, не зная, что делать. Все тонуло в густом тумане, и мне казалось: я во сне, где бродящие в каком-то пепельном пространстве странные фигуры влекут меня в еще более странные места.

Мои пальцы нервно ощупывали ключ.

Когда все вокруг затянуто такой пеленой, горы из окна не разглядишь. В доме, должно быть, темно — солнца-то нет, и шторы задернуты. В доме, должно быть, печально — ведь его нет рядом.

Взглянула на часы. Девять.

Надо заняться чем-нибудь, что могло бы скрасить мне ожидание. А ждать придется долго.

Ждать. Это был первый урок, преподанный мне любовью. День еле тянется, мы строим тысячи планов, ведем тысячи воображаемых разговоров, даем себе обещания в таких-то и таких-то обстоятельствах вести себя совсем по-другому — а сами места себе не находим, ждем не дождемся, когда же придет наш возлюбленный.

А придет — не знаем, что сказать. Многочасовое ожидание переходит в напряжение, напряжение сменяется страхом, а страх заставляет стыдиться нежности.

«Не знаю, должна ли я войти». Мне припомнился вчерашний разговор — этот дом был символом мечты и ее воплощением.

Но ведь нельзя же целый день торчать у крыльца! Набравшись храбрости, я вытащила из кармана ключ, подошла к дверям.

— Пилар! — донесся из тумана голос с сильным французским акцентом.

Я скорее удивилась, чем испугалась. Это мог быть хозяин нашей квартиры — но я вроде бы не говорила ему, как меня зовут.

— Пилар! — голос приблизился.

Я оглядела площадь, затянутую туманной пеленой, и увидела — на меня быстро надвигается чей-то силуэт. Кошмарный сон, в котором плавали странные фигуры, обернулся явью.

— Подожди. Мне надо поговорить с тобой.

Силуэт приблизился, и я поняла, что передо мной стоит священник — именно так изображают на карикатурах сельских кюре: низенький, толстенький, с зачесанной поперек лысого темени прядью седых волос.

— Здравствуй, — с широкой улыбкой он протянул мне руку.

Я молча кивнула.

— Как жаль, что туман все скрывает, — сказал он, глядя на дом. — Сент-Савен стоит на горе, и из ваших окон открывается чудесный вид и на долину внизу, и на ледяные вершины. Да ты, должно быть, и сама знаешь.

Только сейчас я догадалась, что это настоятель монастыря.

— А что вы здесь делаете? — спросила я. — И откуда знаете мое имя?

— Хочешь войти? — словно не слыша, осведомился он.

— Нет. Хочу, чтобы вы мне ответили.

Он потер озябшие ладони и присел на ступеньку. Я — рядом с ним. Туман становился все гуще — в нем потонула даже церковь, стоявшая метрах в двадцати от нас.

Можно было разглядеть только колодец. Я вспомнила слова хозяйки.

— Она являет Свое присутствие, — сказала я.

— Кто?

— Богиня. Она приняла облик этого тумана.

— Ах, так он говорил с тобой об этом! — рассмеялся священник. — Ну, я-то предпочитаю называть Ее Девой Марией. Мне это как-то привычней.

— Что вы здесь делаете? — повторила я. — Как узнали мое имя?

— Я пришел, потому что хотел тебя видеть. Кто-то из группы Харизматиков сказал мне вчера вечером, что ты со своим другом остановилась в Сент-Савене. А это совсем маленький городок.

— Он пошел в семинарию.

Перестав улыбаться, он покачал головой и произнес словно про себя:

— Как жаль.

— Жаль, что он в семинарии?

— В семинарии его нет, я только что оттуда.

Несколько минут я молчала, припоминая все, о чем думала и что чувствовала, когда проснулась утром, — где взять денег? как дать знать родителям, чтобы выслали на дорогу? Но я дала клятву и была твердо намерена сдержать ее.

Рядом со мной был священник. Когда я была маленькой, то все свои беды и горести была готова поведать священнику.

— Я измучена, — нарушила я молчание. — Меньше недели назад я знала, кто я и чего хочу от жизни.

А теперь кажется, будто какой-то вихрь швыряет меня из стороны в сторону, а я ничего не могу поделать.

— Надо сопротивляться, — ответил священник. — Это важно.

Эта реплика удивила меня.

— Ничего удивительного, — продолжал он, словно догадавшись об этом. — Я знаю, что Церкви нужны новые священники, а он был бы прекрасным служителем Бога. Но слишком уж высока цена, которую ему придется заплатить.

— Но где он? Неужели бросил меня здесь и уехал в Испанию?

— В Испанию? В Испании ему делать нечего. Он живет в монастыре, расположенном в нескольких километрах отсюда. Там его нет. Но я знаю, где его найти.

От этих слов я приободрилась и повеселела — по крайней мере, он не уехал.

Но на лице священника не было улыбки.

— Не радуйся прежде времени, — проговорил он, словно опять прочел мои мысли. — Лучше бы ему вернуться в Испанию.

Священник поднялся и поманил меня за собой. В тумане ничего не было видно дальше нескольких метров, но он как будто знал, куда идет. Мы вышли из Сент-

Савена той же дорогой, на которой двое суток — или пять лет? — назад я выслушала рассказ о Бернадетте.

— Куда мы идем? — спросила я.

— Идем искать его, — был ответ.

— Отец мой, я в растерянности, — сказала я по дороге. — Мне показалось, будто вас печалит то, что его нет в семинарии.

— Что знаешь ты о религиозной жизни, дочь моя?

— Очень мало: что священники дают обет бедности, повиновения и целомудрия.

Тут я помедлила, соображая, надо ли продолжать, и решила, что надо:

— И оценивают греховность других, хотя сами совершают те же самые грехи. Считают, будто знают все о браке и о любви, хотя сами не женятся. Что грозят нам огнем геенны за проступки, в которых повинны сами. И представляют нам Бога гневным мстителем, возлагающим на род человеческий вину за смерть Своего единственного Сына.

Священник рассмеялся.

— Да, ты, что называется, замечательно «подкована» в этом вопросе. Но я спрашивал тебя не о католицизме, а о духовной жизни.

Я замялась и в конце концов произнесла:

— Точно не могу сказать, но знаю, что есть люди, которые, все бросив, отправляются искать Бога.

— И что же — находят?

— Вам видней, я же понятия об этом не имею.

Священник заметил, как я запыхалась, и пошел помедленнее.

— Твое определение неверно, — начал он. — Тот, кто отправляется искать Бога, понапрасну теряет время. Он может пройти по многим дорогам, примкнуть ко многим религиям или сектам, но этим способом Бога не обретет никогда.

Бог — здесь, сейчас, рядом с нами. Мы можем видеть Его в этом тумане, в этой земле, в этой одежде, в этих башмаках. Его ангелы бодрствуют, пока мы спим, и помогают нам, когда мы работаем. Чтобы найти Бога, достаточно оглянуться вокруг себя.

Эта встреча дается нелегко. По мере того как Бог будет делать нас участниками Своей мистерии, все сильнее и сильнее будет наша растерянность. Ибо Он постоянно просит нас следовать нашим мечтаниям и внимать голосу нашего сердца. А это — трудно: ведь мы привыкли жить совсем иначе.

И вот, к нашему удивлению, мы понимаем, что Бог хочет видеть нас счастливыми, ибо Он — наш отец.

— И мать, — сказала я.

Туман стал рассеиваться, и в просвете я увидела крестьянскую лачугу и женщину, собиравшую хворост.

— Да, и мать, — сказал священник. — Для того чтобы начать духовную жизнь, не нужно поступать в семинарию, поститься, быть трезвенником и сторониться женщин.

Достаточно верить в Бога и принимать Его. Как только это случится, каждый превращается в Его путь, и все мы становимся передатчиками Его чудес.

— Он говорил мне о вас, — перебила я его. — И внушал мне те же истины, что и вы.

— Надеюсь, ты примешь его дары, — ответил священник. — Ибо, как учит нас история, это происходит далеко не всегда. Египетского Озириса четвертуют. Греческие боги ссорятся и враждуют из-за смертных женщин и мужчин. Ацтеки изгоняют Кетцалькоатля. Боги викингов поджигают Валгаллу опять же из-за женщины. Иисуса распинают.

Почему?

Я не знала, что ответить.

— Потому что Бог нисходит на Землю, чтобы показать нам наше могущество. Мы — это частица Его мечты, а Он хочет мечтать о счастье. Если же мы самим себе признаемся, что Бог сотворил нас для счастья, то должны будем допустить: все, что ведет нас к печали и поражению, — это наша вина.

И вот мы всегда убиваем Бога. На кресте ли, на костре ли, в изгнании ли или в сердце своем — но убиваем.

— А те, кто понимает Его...

— Те, кто понимает Его, преображают мир. Ценой многих жертв.

Женщина, несшая хворост, заметила священника и подбежала к нам.

— Спасибо, святой отец! — воскликнула она, целуя ему руки. — Юноша исцелил моего мужа!

— Твоего мужа исцелила Пречистая Дева, — ответил он, ускоряя шаги. — А юноша был всего лишь орудием.

— Нет, нет, это он! Войдите в мой дом, сделайте милость.

В ту же минуту припомнился мне вчерашний вечер. Когда мы подходили к базилике, какой-то человек сказал мне: «Твой спутник творит чудеса!»

— Мы спешим, — сказал священник.

— Вовсе нет, — возразила я, сильно смущаясь оттого, что говорила по-французски и говорила скверно. — Я озябла и хочу выпить кофе.

Женщина взяла меня за руку, и мы вошли. Дом с каменными стенами, но с деревянным полом и потолком был удобен и уютен, хотя и не роскошен. Перед камином, где пылали дрова, сидел мужчина лет шестидесяти.

Увидев священника, он приподнялся было, чтобы поцеловать ему руку.

— Сиди, сиди, — удержал его тот. — Ты еще не вполне оправился от болезни.

— Я уже прибавил десять кило, — ответил мужчина. — А вот жене помогать пока не могу.

— Пусть тебя это не заботит. Скоро будешь лучше прежнего.

— А где юноша? — спросил мужчина.

— Я видела его нынче там же, где и всегда, — ответила женщина. — Только обычно он ходит пешком, а сегодня был на машине.

Священник молча взглянул на меня.

— Благословите нас, святой отец, — попросила женщина. — Чудотворная сила...

— ...Пречистой Девы, — оборвал ее священник.

— ...Пречистой Девы, Богородицы — это ведь и ваша сила. Ведь это вы привели его к нам.

На этот раз священник постарался не встретиться со мной глазами.

— Помолитесь за моего мужа, святой отец, — настойчиво произнесла женщина.

Священник глубоко вздохнул и, обращаясь к мужчине, сказал:

— Поднимись и стань передо мной.

Тот повиновался. Священник, закрыв глаза, прочел «Аве Мария», потом воззвал к Святому Духу, прося явиться и помочь страждущему.

Время от времени он ускорял речь, и тогда, хоть я и не все понимала, все это напоминало мне ритуал изгнания бесов. Его руки прикасались к плечам больного и скользили вниз — до самых пальцев. Это движение он повторил несколько раз.

Хворост в камине затрещал громче. Это могло быть простым совпадением, но я подумала: а вдруг священник вторгся в области, мне неведомые, — вторгся и потревожил царившие в них стихии.

Мы с хозяйкой вздрагивали каждый раз, когда горящее дерево издавало сухой и резкий звук, похожий на выстрел. Священник не обращал на это внимания: он был полностью увлечен выполнением задачи, он был орудием в руках Приснодевы. Он говорил на непонятном мне языке и произносил слова со сверхъестественной быстротой. Руки его уже не двигались, а неподвижно лежали на плечах больного.

Священник благословил его, размашисто осенив крестным знамением, — и ритуал окончился так же внезапно, как начался.

— Господь да пребудет в этом доме, — сказал он.

Потом обернулся ко мне, давая понять, что пора продолжить путь.

— А кофе? — спросила женщина, видя, что мы собрались уходить.

— Если сейчас выпью, уснуть не смогу, — отвечал священник.

Женщина рассмеялась, пробормотав что-то вроде «да ведь еще утро» — я толком не расслышала, потому что мы уже были на дороге.

— Отец мой, она говорила про какого-то юношу, который вылечил ее мужа. Это был он!

— Да, это был он.

Мне стало не по себе — я вспомнила вчерашний день, и Бильбао, и лекцию в Мадриде, и людей, толковавших о чудесах, и то ощущение *Присутствия*, которое возникло у меня, когда я молилась, обнявшись с другими.

Выходит, я люблю человека, способного творить чудеса. Человека, способного служить ближнему, утишать боль, умерять его страдания, возвращать здоровье больным и надежду — их родным. Человеку с таким предназначением тесно в домике с белыми занавесками на окнах, с любимыми книгами и дисками на полках.

— Не вини себя, дочь моя, — сказал священник.

— Вы читаете мои мысли.

— Читаю, — согласился он. — У меня тоже есть дар, и я стараюсь быть достойным его. Приснодева научила меня погружаться в водоворот человеческих чувств, чтобы руководить ими наилучшим образом, то есть — на благо людей.

— Вы тоже творите чудеса?

— Исцелять недуги я не могу. Но обладаю одним из даров Святого Духа.

— Тогда вам дано читать у меня в душе. И вы знаете, что я люблю этого человека и что любовь моя растет и крепнет с каждой секундой. Мы вместе с ним открывали для себя мир и вместе пребываем в нем. Хочу я того или нет — но он неотделим от моей жизни и присутствует в каждом ее дне.

Что я могла сказать этому священнику, шедшему со мной рядом? Он никогда бы не понял, что у меня были другие мужчины, что я влюблялась, что если бы вышла замуж, то была бы счастлива. Еще когда я была ребенком, на одной из площадей Сории любовь открылась мне, а потом позабылась.

Но, как видно, плохо позабылась. Хватило трех дней, чтобы все вернулось.

— Я имею право быть счастливой, отец мой. Я восстановила потерянное и снова терять это не хочу. Я буду бороться за свое счастье.

Если же я откажусь от этой борьбы, то откажусь тем самым и от своей духовной жизни. Как вы сами сказали — это будет значить, что я отдалилась от Бога, отказалась от своей женской силы, от моего могущества. Я буду бороться за этого человека.

Я знала, зачем здесь этот приземистый толстый священник. Он пришел, чтобы убедить меня в том, что я должна оставить своего возлюбленного, ибо ему суждено иное, высшее предназначение.

Нет, никогда я не поверю, что ему пришлось бы по вкусу, если бы мы с его воспитанником поженились и зажили в Сент-Савене в таком вот домике. Он говорит это лишь для того, чтобы сбить меня с толку, чтобы я ослабила свою оборону, а как только это произойдет, он — с улыбкой — убедит меня в обратном.

Он, не произнося ни слова, читал мои мысли. А может быть, обманывал меня и вовсе не обладал даром угадывать, что думают другие люди. Туман быстро рассеивался: теперь я различала уже дорогу и склон горы, поле и покрытые снегом деревья. Прояснилось и в голове.

Конечно, это обман! Если священник и вправду умеет читать мысли, пусть прочтет их все и всё про меня узнает! Пусть узнает, что вчера он хотел полной близости со мной, а я отказала ему — и теперь раскаиваюсь.

Еще вчера я думала, что, если бы ему пришлось уехать, я могла бы всегда помнить и вспоминать друга детства. Все это оказалось вздором. Пусть его плоть не проникла в меня — проникло что-то другое, и так глубоко, что достало до самого сердца.

— Отец мой, я люблю его, — повторила я.

— Я тоже. А от любви глупеют. В моем случае это выразилось в том, что я пытаюсь убрать тебя с его пути.

— Убрать меня не так-то просто. Вчера, когда мы молились у пещеры, я поняла, что в силах разбудить в себе те дары, о которых вы говорили. И я использую их, чтобы удержать его.

— Ну-ну, — с легкой улыбкой произнес священник. — Желаю удачи.

Он остановился, вытащил из кармана сутаны четки и, сжимая их в руке, поглядел мне прямо в глаза.

— Иисус не велел нам клясться, и я не клянусь. Но в присутствии предмета, для меня священного, говорю тебе: я не желаю ему обычной судьбы, не хочу, чтобы он стал рядовым священником — таким, как все, одним из многих.

Он может служить Богу по-другому. Рядом с тобой.

Мне трудно было поверить, что он и вправду произнес эти слова. Но это было так.

— Вот он, — сказал священник.

Я обернулась. Увидела припаркованную поблизости машину. Ту самую, в которой мы приехали из Испании.

— Он всегда ходит пешком, — с улыбкой продолжал священник. — На этот раз ему хочется создать впечатление, будто он прибыл издалека.

Мои кроссовки промокли насквозь. Но я взглянула на священника — он шел по снегу в сандалиях и шерстяных носках — и решила, что не стану жаловаться.

Он может, значит, и я могу. Мы начали взбираться по склону.

— Долго нам идти?

— Полчаса, самое большее.

— Куда мы идем?

— Навстречу ему. И другим.

Я поняла, что он не склонен продолжать разговор. Может быть, бережет силы для подъема. Мы шли молча — туман к этому времени уже почти совсем рассеялся, и на небо медленно выплывал желтый диск солнца.

Впервые передо мной оказалась вся панорама долины — текущая внизу река, разбросанные здесь и там деревушки и прилепившийся к отрогу горы Сент-Савен. Я увидела колокольню, кладбище, которого раньше не замечала, и средневековые домики окнами на реку.

Под нами, на том месте, которое мы миновали несколько минут назад, пастух гнал отару своих овец.

— Устал, — проговорил священник. — Давай-ка остановимся ненадолго.

Сбив снег с каменного валуна, мы без сил привалились к нему. Священник весь взмок от пота, а ноги у него, должно быть, совсем заледенели.

— Пусть святой Иаков сохранит мои силы, потому что я хочу проследовать его путем еще раз, — сказал он, обернувшись ко мне.

Я не поняла, о чем он, и решила заговорить о другом:

— Смотрите — следы на снегу.

— Одни следы оставлены охотниками. Другие — теми мужчинами и женщинами, которые хотят возродить традицию.

— Какую традицию?

— Начало ей положил святой Савен. Он удалился от мира, поднялся в горы и с этих вершин созерцал Божью славу.

— Отец мой, мне надо кое-что осознать. До вчерашнего дня я была с человеком, которому предстояло сделать выбор — женитьба или религия. Сегодня я узнала, что этот человек творит чудеса.

— Мы все творим чудеса, — сказал священник. — Вспомни Евангелие: «...если вы будете иметь веру с

6 – 9166

горчичное зерно и скажете горе сей: «перейди отсюда туда», и она перейдет».

— Мы с вами не на уроке закона Божьего. Я люблю этого человека и хочу знать о нем больше, чтобы понимать его лучше и лучше помогать ему. До других мне дела нет, какая разница, что они могут, чего не могут.

Священник глубоко вздохнул и после недолгого колебания все же решился и заговорил:

— Некий ученый, изучавший обезьян на островах Индонезии, сумел научить одну обезьянку мыть бататы перед едой. Очищенные от грязи и песка, они были гораздо вкусней.

Ученый, который сделал это лишь потому, что писал научный труд, посвященный обучаемости шимпанзе, и представить себе не мог, чем все это кончится. Он очень удивился, увидев, что и другие обезьяны стали подражать первой.

Так продолжалось до тех пор, пока определенное количество обезьян не овладело искусством мыть бататы — и вдруг, в один прекрасный день, обезьяны на всех остальных островах архипелага начали делать то же самое. Самое же удивительное заключается в том, что все эти прочие обезьяны сроду не бывали на том островке, где проводился эксперимент.

Священник замолчал, а потом спросил:

— Поняла?

— Нет, — ответила я.

— Существует множество исследований по этому вопросу. Наука доказала, что, когда определенное число людей достигает определенной степени развития, развивается и весь род человеческий. Мы не знаем, сколько людей необходимо для этого скачка, — но точно знаем, что это так.

— Похоже на историю с Непорочно Зачавшей, — сказала я. — Она явилась ватиканским мудрецам и неграмотной крестьянке.

— Мир наделен душой, и настает минута, когда душа эта оказывает себя во всем и во всех одновременно.

— Это женская душа.

Он засмеялся, а я не поняла, что означает этот смех.

— Догмат Непорочного Зачатия придуман не только Ватиканом, — сказал он. — Восемь миллионов человек со всех концов света подписали адресованную Папе петицию с просьбой об этом. Это буквально витало в воздухе.

— Это первый шаг?

— Первый шаг к чему?

— Первый шаг на пути, который приведет Богоматерь к тому, что Она будет признана воплощением женского лика Бога. В конце концов, мы ведь уже признаем, что Иисус воплощает Его мужской лик.

— Что ты хочешь сказать?

— Сколько времени должно пройти, прежде чем мы признаем женщину одним из нераздельно-слиянных членов Святой Троицы? Прежде чем поймем, что Святую Троицу составляют Бог Дух Святой, Богиня-Мать и Бог-Сын?

— Пойдем дальше, — ответил он. — Холодно так стоять.

— Ты недавно посмотрела на мои сандалии, — сказал священник.

— Так вы все же умеете читать мысли? — спросила я.

Не отвечая на мой вопрос, он заговорил так:

— Я расскажу тебе кое-что об истории создания нашего ордена. Мы называемся «кармелиты» и в соответствии с правилами, установленными святой Терезой Авильской, ходим босиком, ибо если человек способен подчинить себе свою плоть, то может властвовать и над своим духом.

Терезу, которая была очень хороша собой, отец отдал в монастырь, чтобы она получила там возвышенное воспитание. В один прекрасный день, проходя по коридору обители, она начала разговаривать с Иисусом. Экстаз, в который она впадала, был столь силен и глубок и охватывал ее столь часто, что вскоре жизнь девушки полностью изменилась. Увидев, что кармелитские монастыри превратились в брачные агентства, она решила создать орден, который бы хранил в первозданности заповеди Христа.

Святая Тереза должна была побороть самое себя и вступить в схватку с двумя самыми могучими противниками того времени — с Церковью и Государством. Тем не менее она не отступила, поскольку была убеждена в необходимости исполнить свое предназначение.

Однажды — когда душа ее ослабела — у дверей дома, где святая нашла приют, появилась женщина в лохмотьях и потребовала во что бы то ни стало провести ее к матери Терезе. Хозяин дома предложил ей милостыню, но она отвергла ее, сказав, что не уйдет, пока не поговорит со святой.

Трое суток она не ела и не пила, стоя у дверей дома. И наконец святая, сжалившись над ней, попросила, чтобы ее впустили.

«Нет, — сказал хозяин. — Она сумасшедшая».

«Может быть, нас с ней поразил один и тот же вид безумия — безумие Христа, взошедшего на Голгофу», — ответила святая.

— Святая Тереза говорила с Христом, — сказала я.

— Да, — ответил священник и продолжил свой рассказ:

И женщину провели к святой. Она назвалась Марией де Хесус Йепес, из Гранады. Она была послушницей в монастыре кармелиток, и вот однажды ей явилась Пречистая Дева и повелела ей основать новую обитель, где неукоснительно соблюдались бы самые первоначальные установления орденского устава.

В тот же самый день Мария де Хесус покинула монастырь и босиком отправилась в Рим. Паломничество ее продолжалось два года — два года ночевала она под открытым небом, страдала от стужи и зноя, жила милостыней, кормилась подаянием. Чудо, что она добралась до Рима. Но еще большее чудо — что ее принял папа Пий IV. А произошло это потому, что его святейшество, так же как святая Тереза и как многие-многие другие люди, думал о том же самом.

И подобно тому, как Бернадетте было неведомо решение, принятое в Ватикане, подобно тому, как обезьяны с других индонезийских островов не могли знать об опыте, проведенном ученым, Мария де Хесус и Тереза не знали, что мыслят одинаково.

Во всем этом обнаруживался смысл.

Теперь мы шли по лесу. Самые верхние ветви деревьев, сухие и заснеженные, были освещены первыми лучами солнца. Туман полностью рассеялся.

— Я знаю, куда вы хотите идти, отец мой.

— Разумеется, знаешь. Бывают такие мгновения, когда многие-многие люди получают один и тот же приказ.

— Следуй за своей мечтой, преврати свое бытие в путь, ведущий к Богу. Твори чудеса. Исцеляй. Пророчествуй. Прислушивайся к голосу своего ангела-хранителя. Преображайся. Стань воином и будь счастлив в бою.

Не избегай риска.

Солнце теперь затопило весь лес. Снег заискрился, засверкал так, что стало резать глаза. И одновременно мне показалось: этот свет и этот блеск дополняют и завершают речь священника.

— А как все это связано с ним?

— Я пересказал тебе героическую главу этой истории. Но ты ничего не знаешь о душе этих героев, — промолвил он и замолчал надолго, а потом продолжил: — Страдание. В моменты преображения появляются мученики. Прежде чем люди смогут следовать за своей мечтой, другие люди должны принести себя в жертву. Над ними глумятся, их преследуют, их труды пытаются подвергнуть сомнению и осмеянию.

— Церковь сжигала ведьм на кострах.

— Да. И римляне бросали первых христиан на съедение львам. Погибшие в пламени костра или на арене цирка скорее других вознесутся к Вечной Славе — так что это даже хорошо.

Но в наши дни воины света сталкиваются кое с чем похуже смерти в ореоле мученика. Их постепенно снедают стыд и унижение. Именно это случилось со святой Терезой, которая страдала весь остаток жизни. Именно так было с Марией де Хесус. Именно так произошло с веселыми ребятишками из Фатимы — Жасинто и Франсиско прожили после явленного им чуда лишь несколько месяцев, а Лусия затворилась в монастыре, откуда уже никогда не вышла.

— А с Бернадеттой получилось иначе.

— Да, иначе. На ее долю выпали тюрьма, унижение, недоверие. Он должен был рассказать тебе об этом. Он должен был произнести слова Явления.

— Немногие слова.

— Слова, сказанные Пречистой Девой в Лурде, не заполнят и половины тетрадного листка, но все-таки это были слова утешения. Дева Мария сказала пастушке: *«Не обещаю тебе счастья на этом свете»*. А почему же то немногое, что сказала Она, содержало в себе предупреждение и утешение? Да потому, что Дева знала, какие страдания предстоят девочке, если та примет и исполнит свое предназначение.

Священник поглядел на солнце, на снег, на голые ветви деревьев и продолжил смиренным тоном:

— Он — революционер. Он обладает властью и наделен даром говорить с Пречистой Девой. Если ему удастся сконцентрировать свою энергию, он может выйти в первые ряды, стать одним из тех, с кого начнется духовное преображение рода человеческого. Мир переживает сейчас очень важный момент.

И если таков будет его выбор, ему суждены будут тяжкие страдания. Многое откроется ему раньше времени. Я достаточно хорошо разбираюсь в людях и потому понимаю, что ждет его впереди.

Он повернулся ко мне, обхватил меня за плечи:

— Прошу тебя, избавь его от грядущих страданий. Он не выдержит.

— Я понимаю, что вы любите его...

— Ничего ты не понимаешь, — покачал он головой. — Ты слишком молода, чтобы понять, сколь разнообразно и обильно зло, царящее в мире. В этот миг ты и сама представляешь себя революционеркой — хочешь вместе с ним переделать мир, открыть новые пути, сделать так, чтобы история вашей любви стала легендой, которую будут передавать из уст в уста, из поколения в поколение. Ты еще думаешь, что любовь способна восторжествовать.

— Разве нет?

— Да нет, способна, но вопрос в том когда. Это произойдет в определенный час, после того, как завершатся небесные битвы.

— Я люблю его. И для того, чтобы моя любовь победила, мне нет надобности ждать, когда завершатся небесные битвы.

Теперь его взгляд был направлен в какую-то дальнюю даль.

— *При реках Вавилона, там сидели мы и плакали...* — сказал он, словно про себя. — *На вербах посреди его повесили мы наши арфы.*

— Как грустно... — заметила я.

— Это первые строчки псалма, где говорится об изгнании, о тех, кто хочет вернуться в землю обетованную, да не может. И это изгнание продлится еще известный срок. Что могу я сделать, чтобы попытаться предотвратить страдания человека, который хочет попасть в рай раньше времени?

— Ничего, отец мой. Ровным счетом ничего.

— Вот он, — сказал священник.

И я увидела его. Он стоял на коленях в снегу метрах в двухстах от меня. Он был по пояс голым, и даже издали я заметила, что от холода его кожа приобрела лиловый оттенок.

Голова его была опущена, ладони сложены для молитвы. Не знаю, что было тому причиной — вчерашнее ли совместное действо, восторг ли женщины, собиравшей хворост, — но никогда прежде ни на кого я не глядела с таким неистовым душевным напряжением. Я видела человека, больше не принадлежащего этому миру — он жил в союзе с Богом и с просвещенными духами горних высот. Сверкающий снег вокруг только усиливал это впечатление.

7Y61·90

— На этой горе есть и другие такие, — промолвил священник. — Они пребывают в постоянном религиозном восторге, приобщаясь к опыту Бога и Приснодевы. Они внимают ангелам и святым, выслушивают пророчества и мудрые откровения, а потом передают все это немногочисленным единомышленникам. Если бы на этом все и заканчивалось...

Но он не останется здесь. Он обойдет весь свет, неся учение Великой Матери. Сейчас Церковь этого не хочет. И уже приготовлены камни, которыми мир забросает тех смельчаков, кто первыми заговорят об этом.

— И цветы, которыми увенчают тех, кто придет следом.

— Да. Но ему они не достанутся.

И с этими словами священник двинулся в его сторону.

— Куда вы?

— Надо вывести его из транса. Сказать, что ты мне понравилась. Что я благословляю ваш союз. Я хочу сделать это здесь, на этом священном для него месте.

Меня стало подташнивать — так бывает от неосознанного, но непреодолимого страха.

— Мне надо подумать, отец мой. Я не знаю, так ли все это...

— Никто не знает, — отвечал он. — Многие родители совершают ошибки, потому что считают, будто знают, что лучше для их детей. Я тебе не отец и знаю, что поступаю неправильно. Однако должен исполнить то, что мне предначертано судьбой.

С каждой минутой меня охватывала все большая тревога.

— Не надо мешать ему, — сказала я. — Пусть он завершит свою молитву.

— Он должен быть не здесь. Он должен быть с тобой.

— Может быть, он сейчас беседует с Девой.

— Может быть. И все равно мы должны подойти к нему. Увидев меня с тобой, он поймет, что я рассказал тебе все. Он знает, о чем я думаю.

— Сегодня — праздник Непорочного Зачатия. Это особый день для него. Вчера вечером, у пещеры, я видела, как он счастлив.

— Праздник Непорочного Зачатия — праздник для всех, — отвечал он. — Но теперь уже я не желаю вести с тобой теологические дискуссии. Идем.

— Почему вы так спешите, отец мой? Почему непременно в эту самую минуту?

— Потому что знаю — в эту минуту он решает свое будущее. И может выбрать неправильный путь.

Я повернулась и по той же тропке, что привела нас к этому месту, зашагала вниз. Священник шел за мной.

— Что ты задумала? Разве ты не понимаешь — ты единственная, кто может спасти его?! Разве не видишь — он любит тебя и бросит ради тебя все?!

Я прибавляла и прибавляла шагу, и ему все труднее было поспевать за мной. Тем не менее он держался рядом.

— В этот самый миг он делает выбор. Он может принять решение оставить тебя! Борись за то, что любишь!

Но я не останавливалась. Я спешила как могла, оставляя позади эту гору, священника, необходимость выбора. Знаю — человек, вприпрыжку бегущий следом, читает мои мысли и знает, что все попытки вернуть меня — бесполезны. И все-таки он не отставал, настаивал, приводил новые доводы — боролся до конца.

И вот мы оказались у того камня, где полчаса назад остановились передохнуть. В изнеможении я опустилась на землю.

Я ни о чем не думала. Мне хотелось только сбежать отсюда, остаться одной, спокойно и не торопясь обо всем подумать.

Спустя несколько минут подошел, с трудом переводя дух, и священник.

— Видишь эти горы вокруг? — спросил он. — Им не надо молиться, ибо они сами — Божья молитва, потому что обрели в мире свое место и пребывают на нем. Они стояли здесь еще до того, как человек впервые взглянул на небо, услышал гром и спросил, кто сотворил все это. Мы рождаемся, страдаем, умираем, а они стоят неколебимо.

Приходит минута, когда мы обязаны задуматься — а нужны ли такие усилия? Почему бы не уподобиться этим горам — мудрым, древним, нашедшим себе подходящее место? Стоит ли рисковать всем ради того, чтобы преобразить полдесятка людей, которые мгновенно забывают все, что усвоили, и тотчас ввязываются в новую авантюру? Почему бы не подождать, пока определенное количество обезьян-людей научится тому, чему нужно, после чего эта наука нечувствительно и безболезненно распространится по всем остальным островам?

— Вы и вправду так думаете, отец мой?

На несколько мгновений он замолчал, а потом спросил:

— Ты читаешь мысли?

— Нет. Просто если бы вы так думали, то вряд ли избрали бы себе путь священнослужителя.

— Я часто пытаюсь осознать свою судьбу. И не могу. Я избрал себе удел воина Божьей рати, а все, что я сделал в жизни, сводится к попытке объяснить людям, почему существуют на свете нищета, страдание, несправедливость. Я прошу их быть добрыми христианами, а они меня спрашивают: «Как могу я веровать в Бога, если в мире столько горя и муки?»

И я тогда принимаюсь объяснять то, чего объяснить нельзя. Произношу какие-то слова о Божьем замысле, о войнах, которые ведут ангелы, и о том, что все мы вовлечены в эту борьбу. Пытаюсь сказать, что, когда в мире у определенного числа людей появится достаточно веры для того, чтобы изменить этот сценарий, все прочие люди, где бы, в каком бы уголке нашей планеты ни жили они, будут этой переменой облагодетельствованы. Но мне не верят. И ничего не делают.

— Они — точно такие, как горы, — сказала я. — Горы прекрасны. Тот, кто приблизится к ним, не сможет отделаться от мысли о величии Творца. Горы — живое свидетельство той любви, которую питает к нам Господь, но удел этих гор — всего лишь свидетельствовать о ней.

В отличие от рек, которые движутся и преобразуют пейзаж.

— Да, это так. Но отчего бы нам не стать такими, как они?

— Потому, должно быть, что горам сужден ужасный удел, — ответила я. — Они обречены вечно созерцать один и тот же пейзаж.

Священник промолчал.

— Я училась для того, чтобы стать горой, — продолжала я. — Всему было предназначено и определено свое место. Я собиралась поступить на службу, выйти замуж, внушать религиозную доктрину моих предков моим детям, пусть даже я в нее больше не верю.

А сегодня я решила все бросить и следовать за человеком, которого люблю. И хорошо, что я вовремя отказалась от участи горы — долго бы все равно не выдержала.

— Ты говоришь мудро.

— И сама этому удивляюсь. Раньше я могла только вспоминать детские годы.

Я встала и двинулась дальше. Священник не пытался нарушить молчание и не заговаривал со мной до тех пор, пока мы не дошли до шоссе.

Я поцеловала ему руки.

— Я прощаюсь с вами, и на прощанье говорю, что понимаю вас и понимаю вашу любовь к нему.

Он улыбнулся, благословил меня и сказал:

— И я понимаю твою любовь к нему.

Весь остальной день я шла по долине. Играла в снежки, побывала в соседнем городке, съела в кафе сэндвич с гусиным паштетом, долго глядела на мальчишек, гонявших по снегу мяч.

Потом зашла в церковь, зажгла свечу. Закрыла глаза и стала повторять молитвы, которые выучила накануне. Потом, устремив неподвижный сосредоточенный взгляд на распятие перед алтарем, начала произносить лишенные смысла слова. Мало-помалу дар языков снизошел ко мне — это оказалось легче, чем мне думалось вначале.

Все это могло показаться глупостями — бормотать что-то бессвязное, произносить слова, ничего не говорящие нашему разуму. Но Святой Дух вступил в беседу с моей душой, и она слышала то, что должна была услышать.

Когда же я почувствовала, что очистилась достаточно, то закрыла глаза и прочла молитву:

«Пресвятая Дева, верни мне веру. Сделай так, чтобы и я сумела стать орудием Твоего труда. Дай мне возможность обрести постижение через любовь. Ибо любовь никого не отдаляет от своих мечтаний.

Сделай так, чтобы я стала союзницей и товарищем того, кого люблю. Помоги ему сделать все, что надлежит ему сделать, и при этом — рядом со мной».

Уже вечерело, когда я вернулась в Сент-Савен. Автомобиль стоял возле дома, где мы сняли комнату.

— Где ты была? — спросил он, едва завидев меня.

— Ходила, бродила, молилась, — ответила я.

Он крепко обнял меня.

— Был момент, когда на меня напал страх — мне показалось, что ты ушла насовсем. На этом свете у меня нет ничего дороже, чем ты.

— А для меня — чем ты.

Мы остановились в каком-то городке, немного не доехав до Сан-Мартин-де-Ункса. Из-за того, что вчера шел снег с дождем, путь через Пиренеи занял больше времени, чем мы предполагали.

— Нам бы найти какую-нибудь харчевню, — сказал он, выскакивая из машины. — Умираю с голоду.

Я не шевельнулась.

— Ну что же ты? — он распахнул дверцу.

— Я хочу задать тебе один вопрос. Я не спрашивала тебя об этом со дня нашей встречи.

Он мигом перестал улыбаться, и меня рассмешила его внезапная встревоженность.

— Что-нибудь важное?

— Чрезвычайно важное, — ответила я, стараясь быть серьезной. — Итак, вопрос формулируется следующим образом: «Куда мы направляемся?»

И оба мы расхохотались.

— В Сарагосу, — не скрывая облегчения, ответил он.

Я выскочила из машины, и мы пошли на поиски ресторана, который был бы открыт в этот поздний ночной час. Казалось, что это дело безнадежное.

«А вот и не безнадежное. Другой со мной больше нет. Чудеса случаются», — сказала я себе, а вслух произнесла:

— Когда ты должен быть в Барселоне?

Он ничего не ответил, и лицо его оставалось сосредоточенным. «Надо избегать подобных вопросов, — подумала я. — А то он может подумать, будто я хочу влезть в его жизнь».

Мы в молчании прошли еще немного, и на площади этого крохотного городка увидели неоновую вывеску «Ресторан "Эль Соль"».

— Открыто, давай зайдем, — вот и все, что он сказал.

Окруженные красными перцами анчоусы уложены на блюде в форме стрелы, а рядом — полупрозрачные ломтики овечьего сыра.

На середине стола стоят зажженная свеча и бутылка «Риохи».

— Средневековый погребок, — пояснил паренек-официант.

В этот поздний час в баре никого не было. Он поднялся, подошел к телефону, а потом вернулся за стол. Мне ужасно хотелось спросить, кому он звонил, но на этот раз я сумела сдержаться.

— Мы работаем до половины третьего утра, — продолжал официант. — Но, если вам угодно продолжить после закрытия, можем подать еще ветчины, сыра, вина, и вы посидите на площади. Вино не даст продрогнуть.

— Да нет, засиживаться мы не можем, — ответил он. — Нам надо к рассвету быть в Сарагосе.

Паренек вернулся за прилавок. Мы снова наполнили бокалы. Как тогда, в Бильбао, я почувствовала легкость: это «Риоха» начала оказывать свое мягкое действие, помогая нам в трудные минуты разговора.

Я сделала еще глоток и сказала:

— Ты устал вести машину, и мы пьем. Лучше бы нам заночевать где-нибудь здесь. По дороге я видела парадор*.

Он кивнул в знак согласия и сказал:

— Погляди-ка вон на тот столик. Японцы называют это *шибуми* — истинная сложность простых вещей. Люди запасаются деньгами, приезжают в дорогие рестораны и считают, что приобщаются к изысканности.

Я выпила еще.

---

* Старинные замки или памятники истории, превращенные испанским правительством в гостиницы. — *Прим. авт.*

Парадор. Еще одна ночь рядом с ним.

Таинственным образом восстановившаяся девственность.

— Забавно слышать, как семинарист рассуждает об изысканности, — сказала я, пытаясь отделаться от своих мыслей.

— Отчего же? В семинарии-то я и понял, что чем ближе мы благодаря нашей вере подходим к Богу, тем проще Он становится. А чем проще Он становится, тем сильнее Его присутствие.

Его рука скользила по столешнице.

— Христос учился своему предназначению, пиля и строгая дерево, делая шкафы, кровати, стулья. Он пришел к нам как плотник, чтобы показать: не важно, что мы делаем, — все что угодно может привести нас к постижению Божьей любви.

Он вдруг остановился:

— Не хочу говорить об этом. Хочу говорить о другой любви.

Его руки прикоснулись к моему лицу.

Вино облегчало многое для него. И для меня.

— Почему ты замолчал? Почему не хочешь говорить о Боге, о Пречистой Деве, о духовном мире?

— Я хочу говорить о другой любви, — повторил он. — О любви мужчины и женщины. В этой любви тоже случаются чудеса.

Я сжала его руки. Может быть, ему открыты великие тайны Богини — но о любви он знает столько же, сколько и я. Хоть и объездил весь свет.

И ему придется уплатить предложенную цену — сделать первый шаг. Потому что женщина платит дороже — она отдает себя.

Довольно долго мы сидели так, взявшись за руки. Я видела в его глазах отблеск древних страхов — они присущи истинной любви как испытания, которые должны быть пройдены. Я видела в его глазах, что он помнит и о том, как прошлой ночью я не отдалась ему, и о нашей долгой разлуке, и о годах, проведенных в монастыре, посвященных поискам мира, где ничего подобного не происходит.

Я видела в его глазах, что тысячи раз он представлял себе, как это будет, воображая себе все, что будет окружать нас, все, вплоть до моей прически, до цвета моей одежды. Я хотела сказать ему «да», сказать «добро пожаловать», сказать, что сердце мое победило в этом сражении. Я хотела сказать, как я люблю его, как желаю его в эту минуту.

Однако продолжала молчать. Молчать и словно со стороны, как бывает во сне, наблюдать за его внутренней борьбой. Я видела, что перед ним стоит мое «нет», что его тяготит страх потерять меня, память о резких словах, звучавших в подобные моменты, — ибо все мы проходим через это, и никто не сумел доселе обойтись без рубцов и шрамов.

Но вот глаза его заискрились. Я поняла, что он сумел одолеть все эти препоны.

Тогда, высвободив руку, я взяла стакан и поставила его на самый край стола.

— Упадет, — предупредил он.

— Наверняка. Я хочу, чтобы ты его сбросил.

— Разбить стакан?

Да, разбить стакан. Такое простое на первый взгляд движение — но оно таит в себе столько страхов, и нам никогда не осознать их до конца. Что ж такого в том, чтобы хлопнуть об пол дешевый стакан, — ведь каждый из нас столько раз делал это случайно и нечаянно?

— Разбить стакан? — повторил он. — Но зачем?

— Я могла бы пуститься в объяснения, — ответила я. — Но скажу лишь — для того, чтобы он разбился.

— Это нужно тебе?

— Разумеется, не мне.

Он глядел на стакан, стоявший на самом краю стола, и явно опасался, что сейчас стакан свалится.

«Это — ритуал, — хотелось мне сказать. — Это — под запретом. Стаканы нельзя бить с умыслом. Когда мы сидим в ресторане или у себя дома, мы стараемся не ставить стаканы на край стола. Наша Вселенная требует, чтобы мы были осторожны, чтобы стаканы на пол не падали».

А разобьем по неловкости и нечаянности — увидим: ничего особенного не произошло. «Не беспокойтесь», — скажет официант, а я ни разу в жизни не видела, чтобы разбитый стакан ставили в счет. Бить стаканы — обычное дело, дело житейское, и никому не причиняет вреда — ни нам, ни ресторану, ни ближнему.

Я толкнула стол. Стакан зашатался, но не упал.

— Осторожно! — воскликнул он.

— Разбей его, — настойчиво повторила я, а про себя подумала:

«Разбей его, соверши этот символический жест. Постарайся понять, что я разбила в себе кое-что гораздо более важное и ценное, чем стакан, — и счастлива. Всмотрись в свою душу, где идет борьба, — и разбей его».

Ибо наши родители научили нас бережно относиться к стаканам и к плоти. Внушили нам, что детские страсти — невозможны, что мы не должны совлекать с избранной стези человека, решившего стать духовным лицом, что людям не дано творить чудеса, и что не следует пускаться в путь, если не знаешь, куда приведет он.

Пожалуйста, разбей стакан — и ты снимешь с нас обоих это заклятие, освободишь от настырного стремления все объяснить, от мании делать лишь то, что будет одобрено другими.

— Разбей стакан, — снова произнесла я.

Он пристально взглянул мне в глаза. Потом медленно рука его скользнула по столешнице, дотронулась до стакана — и резко смахнула его на пол.

Звон стекла привлек всеобщее внимание. Вместо того чтобы вскрикнуть, выбранить себя за неловкость или сделать что-нибудь в том же роде, он молча, с улыбкой смотрел на меня — и я улыбнулась в ответ.

— Ничего страшного! — крикнул нам юный гарсон.

Но он не слышал его. Приподнялся, за волосы притянул к себе мою голову и прильнул губами к губам.

И я запустила пальцы ему в волосы, обхватила затылок, впилась губами в его губы, ощущая, как движется у меня во рту его язык. Долго я ждала этого поцелуя, родившегося возле рек нашего детства, когда мы еще не сознавали смысла любви. Поцелуя, будто висевшего в воздухе в пору нашего взросления, странствовавшего по свету вслед за воспоминанием о ладанке, прятавшегося за стопками книг, которые имели благую цель подготовить меня к конкурсу. Столько раз исчезал он, этот поцелуй, столько раз пропадал — и вот наконец мы обрели его. В нем — хоть и длился он минуту —

таились долгие годы исканий, разочарований, несбыточных мечтаний.

Я ответила на поцелуй. Должно быть, немногочисленные посетители бара смотрели на нас и думали, что ничего необычного не происходит — люди целуются. Откуда им было знать, что в этот миг поцелуй стал итогом и суммой всех прожитых мною дней, всей жизни его и любого человека, который ждет свой путь под солнцем, ищет его и о нем мечтает.

В этот поцелуй вплавились все радостные мгновения моей жизни.

Он стянул с меня одежду и проник в меня — с силой, со страхом, с желанием. Я почувствовала боль, но она не имела значения. Не имело значения и острое наслаждение, испытанное мной в этот миг. Я обхватила его голову, я слушала его стоны и благодарила Бога за то, что он — со мной и во мне, за то, что заставил меня ощущать все как в первый раз.

Мы любили друг друга всю ночь — и явь любви перемешивалась с грезами и снами. Я ощущала его присутствие внутри себя и изо всех сил прижимала его к себе, чтобы удостовериться — все происходит на самом деле, чтобы не дать ему внезапно уйти, как уходили странствующие рыцари, жившие в незапамятные времена в этом замке, ныне превращенном в отель. Молчаливые каменные стены и своды хранили память о девицах, обреченных ждать и проливать слезы и проводить нескончаемые дни у окошка, вглядываясь в горизонт, ища в нем знака, предвестия, надежды.

Нет, я никогда не пройду через это, — поклялась я себе. Я никогда не потеряю его. Он неизменно и вечно пребудет со мной — ибо, вглядываясь в распятие за алтарем, я внимала Святому Духу, и на всех языках и наречиях Он говорил мне, что я не совершаю греха.

Я стану его спутницей, его товарищем, мы вместе покорим заново созданный мир. Мы понесем слово истины о Великой Матери, мы будем сражаться рядом с архангелом Михаилом, мы вместе испытаем восторги и муки, сужденные первопроходцам. Мне сказали об этом языки — и я, во всеоружии возрожденной веры, знала, что они говорят правду.

Четверг, 9 декабря 1993

Я проснулась от прикосновения его рук, легших на мои груди. Уже совсем светло было за окном, и звонили колокола ближней церкви.

Он поцеловал меня. Его руки вновь скользнули вдоль моего тела.

— Нам пора, — сказал он. — Сегодня кончаются праздники, дороги будут забиты машинами.

— Я не хочу в Сарагосу, — ответила я. — Я хочу быть там, где будешь ты. Скоро откроются банки, я сниму деньги со счета, куплю себе кое-что из одежды.

— Ты же говорила, что денег у тебя мало.

— Хватит. Я должна безжалостно порвать со своим прошлым. Если вернусь в Сарагосу, начну думать, что наделала глупостей, что скоро экзамены и что мы вполне можем провести два месяца порознь, пока я их не сдам.

А если сдам, может быть, не захочу уезжать из Сарагосы. Нет-нет, я не могу вернуться. Надо сжечь мосты — ничего общего не должно остаться между мной теперешней и той, кем я была.

— Барселона, — сказал он как бы про себя.

— Что?

— Нет, ничего. Продолжим путь.

— Но у тебя — лекция.

— Есть еще два дня, — ответил он, и мне показалось, что голос его звучит как-то странно. — Отправимся в другой городок. Не хочу ехать прямо в Барселону.

Я поднялась с кровати. Не хотелось думать ни о чем неприятном — быть может, ему свойственно после первой ночи любви с кем-то просыпаться не в духе и становиться от смущения таким церемонным.

Подошла к окну, отдернула штору, поглядела на маленькую улочку. На балконах соседних домов сушилось белье. Звонили колокола.

— Знаешь что, — сказала я. — Поедем-ка туда, куда ездили в детстве. С тех пор я там не бывала.

— Где «там»?

— В монастыре Пьедра.

Мы выходим из отеля, а колокола продолжают звонить. Он предлагает зайти в церковь.

— Мы только тем и занимаемся, — отвечаю я. — Церкви, молитвы, радения.

— Неправда, — говорит он. — Мы занимались любовью. Трижды напивались. Бродили по горам. Как следует уравновесили Милосердие и Строгость.

Чувствую, что сболтнула лишнее. Мне пора привыкать к новой жизни.

— Прости, — говорю я.

— Зайдем ненадолго. Колокола подают нам знак.

Он оказался совершенно прав, но осознать это мне было суждено лишь на следующий день. Не поняв в полной мере сокрытое значение знака, мы сели в машину и через четыре часа были у монастыря Пьедра.

Облупленный потолок, а немногочисленные статуи святых — обезглавлены. Все, кроме одной.

Я оглянулась по сторонам. В былые времена здесь, должно быть, находили себе приют люди с сильной волей, заботившиеся о том, чтобы каждый камень сиял чистотой, чтобы на каждой скамье сидел кто-нибудь из могущественных владык той эпохи.

Но теперь все лежало в руинах. Это в детстве их так легко было представить замками, где мы играли вместе, где я искала моего волшебного принца.

На протяжении столетий монахи из обители Пьедра берегли для себя этот райский уголок. Расположенный в естественной геологической впадине, он по праву рождения, по милости небес получал то, что соседние городки и поселки должны были вымаливать и добывать тяжкими трудами — воду. Здесь Рио-Пьедра разделялась на десятки притоков, ручьев, струилась водопадами, образовывала заводи и озера, и по берегам ее пышно и изобильно разрастались деревья, кусты, трава.

А стоило сделать несколько сотен шагов в сторону — и ты выходил из каньона, и все вокруг становилось пустыней, бесплодной и безжизненной. Даже сама река, устав кружиться по этой естественной низине, здесь напрочь теряла свою юную силу и вновь превращалась в еле заметную струйку воды.

Монахи знали об этом, и вода, которой снабжали они соседей, обходилась тем недешево. История обители отмечена бесчисленными схватками и стычками между местными жителями и монахами.

И вот однажды, как раз в то время, когда Испанию потрясала очередная война, обитель была превращена в казарму. По центральному нефу монастырской церкви бродили кони. Солдаты, потешая друг друга похабными историями и насилуя женщин из всех окрестных поселений, разбили между скамьями свой бивак.

Так, хоть и с опозданием, обрушилось на монастырь возмездие. Он был разграблен и разрушен.

И никогда больше монахам не удалось вернуть свой потерянный рай. В ходе одной из бесконечных судебных тяжб кто-то даже предположил, что местные жители исполнили приговор, вынесенный монастырю Богом. Ибо Иисус велел напоить жаждущих, монахи же оставались глухи к Его словам. Вот потому-то Бог и покарал тех, кто считал, будто природа принадлежит им одним.

И, может быть, по этой самой причине монастырская церковь по-прежнему лежала в развалинах, хотя большую часть обители отстроили заново и превратили

в гостиницу. Местные не забыли, какую непомерную плату должны были вносить их предки за то, что природа дарила людям бесплатно.

— Чья же это статуя осталась неповрежденной? — спросила я.

— Святой Терезы Авильской, — ответил он. — Она обладает могуществом. И, как бы ни снедала местных жителей жажда мести, никто не осмелился осквернить ее.

Он взял меня за руку, и мы вышли. Прошагали по бесконечным монастырским коридорам, поднялись по широким деревянным лестницам, оказались во внутренних дворах, где порхали бабочки. Я припоминала каждую подробность, потому что часто бывала здесь в детстве, и давние воспоминания казались наиболее отчетливыми и яркими.

Память. Мне казалось, что весь прошлый месяц и особенно дни, предшествующие минувшей неделе, были не в моей жизни или что я прожила их в ином своем воплощении. Ни за что на свете не хотела бы я вернуться в эту эпоху, ибо часы ее отмерялись не рукой любви. Я чувствовала, что в течение многих лет проживала один и тот же день, все так же просыпаясь и засыпая, повторяя одни и те же слова, совершая одни и те же поступки, да и снились мне одни и те же сны.

Я вспомнила отца и мать, родителей моих родителей и многих моих друзей. Вспомнила, сколько усилий было приложено, чтобы получить то, что на самом деле мне было вовсе не нужно.

Зачем я все это делала? Я не находила однозначного объяснения. Может быть, потому, что лень было искать иные пути. Может быть, боялась — что подумают и скажут обо мне другие. Может быть, потому, что отличаться от этих других — трудно. Может быть, потому, что человек обречен повторять шаги предшествующего поколения до тех пор, — и тут я вспомнила отца-настоятеля, — пока определенное число людей не начнет вести себя иначе.

Так или иначе, мир меняется, и мы — вместе с ним.

Однако меня это больше не устраивало. Я получила от судьбы принадлежащее мне по праву, и теперь она давала мне возможность измениться самой и заодно — способствовать изменению в мире.

Я снова подумала о горах, вспомнила альпинистов, которых мы встречали по дороге, — молодых, в разноцветных костюмах, которые придуманы для того, чтобы яркое пятно на снегу было заметно издалека, знающих один определенный маршрут от подножья до самого пика.

В склоны уже были вбиты алюминиевые костыли — альпинистам оставалось только продеть в них крюки со страховочными тросами и подняться к вершине. Они приехали сюда на выходные ради острых ощущений, а в понедельник вернутся к прежней размеренной жизни, но им будет казаться, что они бросили вызов природе — и одолели ее.

А ведь это совсем не так. Жажда приключений гнала сюда других — первопроходцев, пролагателей новых дорог. Иные из них не одолели и половины подъема — сорвались в пропасть. Другие отморозили себе руки или ноги. Многие и вовсе пропали без вести. Но в один прекрасный день кто-то взошел на одну из этих вершин.

И это его глаза первыми увидели расстилающуюся внизу панораму, это его сердце от гордости забилось чаще. Он пошел на риск и теперь — своей победой — воздавал почести тем, чья попытка не удалась, кто погиб на полдороге.

Очень может быть, что люди там, внизу, думают: «Что там наверху хорошего? Разве что пейзаж. Зачем ему это надо?»

Но тот, кто первым взошел на эти вершины, знал зачем. Чтобы принять вызов и идти вперед. Чтобы знать, что один день — непохож на другой, что каждое утро одаривает нас своими неповторимыми чудесами и у каждого — свое *волшебное мгновение*, когда гибнут старые галактики и рождаются новые звезды.

Тот, кто первым взошел на эти вершины, наверно, задавал себе, оглядывая с высоты домики с дымящимися трубами, тот же самый вопрос: «У людей внизу один день неотличим от другого. Зачем им это надо?»

Теперь горы уже покорены, астронавты уже шагнули в космическое пространство, и нет на нашей Земле ни одного — даже самого маленького — островка, который бы еще ждал, когда его откроют. Но еще хватает великих приключений духа — и одно из них предстоит мне теперь.

Это было благословение. Отец-настоятель ничего не понял. Сладостна эта боль.

Блаженны могущие сделать первый шаг. Когда-нибудь люди поймут, что способны говорить на языке ангелов, что каждый из нас обладает дарами Святого Духа и что все мы можем творить чудеса, провидеть будущее, исцелять страждущих. Понимать ближнего.

Всю вторую половину дня мы бродим по каньону, вспоминаем годы детства. Он впервые заговорил об этом — пока мы ехали из Мадрида в Бильбао, мне казалось, что до прошлого ему больше нет дела.

А вот теперь он сам расспрашивает меня о жизни наших с ним сверстников, узнает, счастливы ли они, интересуется, чем они занимаются.

Мы добрались наконец до самого большого водопада на Рио-Пьедра, который собирает воедино воды маленьких речушек и ручейков и, собрав, швыряет с почти тридцатиметровой высоты. Мы стоим на краю, слушаем глухой рев, смотрим на образующуюся в тумане радугу.

— «Конский Хвост», — говорю я и сама удивляюсь, что еще не забыла это название, — я ведь так давно его не слышала.

— Мне помнится... — начинает он.

— Я знаю, что ты сейчас скажешь!

Еще бы мне не знать! Водопад скрывает огромную пещеру. В детстве, вернувшись в первый раз из монастыря Пьедра, мы потом еще несколько дней говорили о ней.

— ...что там была пещера, — договорил он. — Пойдем туда!

Пройти под отвесными струями падающей с высоты воды невозможно, и монахи еще в незапамятные времена прорыли тоннель, ведущий от верхней точки каньона вглубь пещеры.

Вход отыскать нетрудно. Летом, наверное, там зажигают свет, чтобы туристы не заблудились, но сейчас никого, кроме нас, нет и тоннель погружен в темноту.

— Идем? — спрашиваю я.

— Ну конечно! Положись на меня.

И проникнув в отверстие, проделанное рядом с водопадом, мы начали спуск. Нас окружала тьма, но мы знали, куда идем, — и ведь он просил положиться на него.

«Благодарю Тебя, Господи, — думала я, пока мы все глубже проникали в лоно земли. — Ибо я была заблудшей овцой, Ты же вернул меня в стадо. Ибо жизнь моя была мертва, Ты же возродил ее. Ибо любовь давно не жила в моем сердце, а Ты вновь одарил меня ее благодатью».

Я держалась за плечо моего возлюбленного, и он направлял мои шаги по темным дорогам, зная, что скоро вновь воссияет нам свет и возрадуемся мы. Очень может быть, что грядущее переменит роли — я, вооружась такой же любовью и такой же уверенностью, буду вести его, пока не окажемся в месте безопасном, и тогда мы отдохнем.

Мы шли медленно, и пути этому, казалось, не будет конца. Может быть, этот новый ритм знаменует собой окончание целой эпохи в моей жизни — когда ни единый лучик света не озарял ее. Шагая по этому тоннелю, я вспоминала, сколько же времени убила впустую, сидя сиднем на одном и том же месте, пытаясь пустить корни в почву, на которой ничего не растет и вырасти не может.

Но Господь милосерден, и вот я обрела вновь и былое воодушевление, и радость бытия, и приключения, о которых мечтала, и человека, которого, сама того не зная, ждала всю жизнь. Я не испытывала никаких угрызений совести оттого, что он бросил семинарию, — я помнила, как отец-настоятель сказал, что есть разные способы служить Богу, а наша любовь умножит эти способы. С этой минуты и я получаю возможность служить и помогать — и все это благодаря ему.

Мы выйдем к людям, он будет вселять мир в их души, я — в его.

«Благодарю Тебя, Господи, за то, что помог служить Тебе. Научи, как быть достойной этой чести. Даруй мне силы стать частицей его предназначения, идти рядом с ним по земле, возродить мою духовную жизнь. Пусть станут наши дни такими, как были эти, — пусть будем мы переходить из края в край, исцеляя больных, утешая отчаявшихся, неся слово любви Великой Матери ко всем нам».

Внезапно вновь стал слышен шум водопада, путь наш осветился, и черный тоннель сделался одним из прекраснейших мест на Земле. Мы находились внутри огромной — размерами с кафедральный собор — пещеры. Три стены ее были из камня, четвертую образовывала стена воды, падающей с высоты в сине-зеленое озеро у наших ног.

Лучи заходящего солнца пронизывали ее, и мокрые камни сверкали.

Не произнося ни слова, мы в изнеможении привалились к стене.

В детских наших играх, в ребяческих фантазиях это место было сокровищницей, где пираты хранили награбленное. Теперь оно стало чудом Матери-Земли: я

чувствовала, что нахожусь в ее лоне, я знала — Она здесь, три ее каменных стены защищают нас, а четвертая, водяная, — смывает с нас грехи.

— Спасибо, — произнесла я вслух.

— Кого ты благодаришь?

— Ее. И тебя, ставшего орудием Ее воли, вернувшей мне былую веру.

Он подошел к берегу подземного озера. Поглядел на сине-зеленую воду и улыбнулся.

— Иди сюда.

Я приблизилась.

— Мне надо рассказать тебе то, чего ты еще не знаешь.

Эти слова встревожили меня, но взгляд его оставался покоен, и я успокоилась тоже.

— Каждый человек, сколько ни есть их на Земле, наделен даром, — начал он. — У одних он проявляется сам собой, другим надо приложить усилия, чтобы отыскать и выявить его. Я, например, трудился все те четыре года, что провел в семинарии.

Теперь, если вспомнить словечко, которое употребил он в тот день, когда старик-сторож хотел преградить нам путь в часовню, мне следовало «подыграть» ему.

Надо было сделать вид, что я ничего не знаю.

«Ничего страшного», — подумала я, а вслух, желая выиграть время, чтобы получше сыграть свою роль, сказала:

— И что же ты делал в семинарии?

— В общем, это неважно, — ответил он. — Важно, что я сумел развить и укрепить свой дар. Когда Господь того хочет, я способен исцелять недуги.

— Но это же замечательно! — воскликнула я, притворяясь удивленной. — Нам не надо будет тратить деньги на врачей.

Однако он не улыбнулся моей шутке. И я почувствовала себя дурой набитой.

— Я развил мои дарования благодаря харизматическим ритуалам, которые ты видела. В ответ на мою молитву Святой Дух нисходил ко мне и осенял меня, я лечил больных наложением рук и исцелял их. Вскоре молва об этом распространилась по всей округе, и с утра у монастыря выстраивалась длинная вереница страждущих, недужных, увечных, которые ждали от меня помощи. В каждой гноящейся и зловонной ране виделись мне язвы Иисуса.

— Я горжусь тобой, — прошептала я.

— Многие в монастыре были против этого, но отец-настоятель оказывал мне неизменную поддержку.

— Мы продолжим это. Вместе пойдем по свету. Я буду промывать раны, ты — благословлять их, а Господь — являть Свои чудеса.

Он отвел от меня взгляд, устремил его на озеро. Как в ту ночь в Сент-Савене, когда мы пили с ним вино у колодца, я ощутила рядом некое *присутствие*.

— Я уже рассказывал тебе, но повторю, — продолжал он. — Однажды ночью я проснулся. Моя келья была ярко освещена. Я увидел лик Великой Матери, Ее взгляд, исполненный любви. С той минуты Она стала являться мне время от времени. Я не могу призвать Ее, но иногда Она предстает мне.

А сам я тогда уже был в числе истинных преобразователей Церкви. И твердо знал: мое земное предназначение — не только исцелять недуги, но и пролагать пути, по которым придет в мир Бог-Женщина. Укрепится женское начало, вновь воздвигнется столп Милосердия — и Храм Мудрости вознесется в сердцах человеческих.

Я глядела на него неотрывно. Лицо его, минуту назад выражавшее такое напряжение, смягчилось.

— Это предполагало свою цену, и я был готов платить.

И он замолчал, словно не зная, что сказать.

— Что значит «был»? — спросила я.

— Путь Богине мог бы быть проложен лишь словом и чудом. Но наш мир устроен не так. Все окажется труднее. Будут слезы, непонимание, страдание.

«Это работа отца-настоятеля, — мелькнуло у меня в голове. — Это он постарался вселить в его сердце страх. Но я стану для него утешением и ободрением».

— Это путь не страдания, а славы, — ответила я.

— Большая часть людей все еще не доверяют любви...

Я чувствовала — он хочет, но не может что-то высказать мне. Быть может, ему надо прийти на помощь?

— Я думала об этом, — перебила я. — Тот, кто первым покорил высочайшую вершину Пиренеев, понял, что жизнь без риска лишена благодати.

— Что ты знаешь о благодати?! — воскликнул он, и я увидела, что спокойствие вновь покинуло его. — Одно из имен Великой Матери — Пресвятая Дева Благодатная, и ее руки щедро осенят благословением каждого, кто умеет принимать его.

Нам не дано судить о жизни других людей, ибо каждый знает свое собственное страдание и проходил через собственное отречение. Одно дело — считать, что ты нашел верный путь, и совсем другое — уверять себя и других в том, что этот путь — единственный.

Иисус сказал: «В доме Отца моего обителей много». Дар есть благодать. Но благодати полна и просто достойная жизнь, где есть труд и есть любовь к ближнему. У Марии был на Земле супруг, который сумел показать ценность безымянного труда. Оставаясь в тени, он обеспечил крышу над головой и пропитание своей жене и сыну и дал им возможность свершить то, что они свершили. Его труды важны не менее, хоть почти никто не оценил их по достоинству.

Я промолчала. Он взял меня за руку.

— Прости, я резок и нетерпим.

Я поцеловала его ладонь и прижалась к ней щекой.

— Я хочу объяснить тебе вот что, — сказал он, и на его лице появилась улыбка. — С той минуты, как мы вновь встретились с тобой, я понял, что не смогу обречь тебя на страдания, а они — неотъемлемая часть моей миссии в этом мире.

Я почувствовала беспокойство.

— Вчера я солгал тебе. Солгал в первый и последний раз. Я сказал, что иду в семинарию, а на самом деле поднялся на гору и говорил с Великой Матерью.

Я сказал ей, что если Она захочет, я отдалюсь от тебя и продолжу идти своей стезей — с толпой больных у двери, с поездками глубокой ночью, с непониманием тех, кто хочет отвергнуть веру, с глумливыми взглядами тех, кто не верит, будто любовь приносит спасение. Если так пожелает Великая Мать, я откажусь от самого дорогого — от тебя.

И вновь в этот миг припомнился мне отец-настоятель. Он оказался прав. В то утро был сделан выбор.

— Но все же, если можно сделать так, чтобы миновала меня чаша сия, я обещаю служить миру через посредство моей любви к тебе.

— Что ты говоришь? — в испуге спросила я.

Но он словно и не слышал.

— Чтобы доказать крепость своей веры, не нужно сдвигать горы, — продолжал он. — Я готов в одиночку принять и вытерпеть страдание, но — не затем, чтобы разделить его с тобой. Если я пойду прежней стезей, у нас с тобой никогда не будет дома с белыми занавесками на окнах, глядящих на горы.

— Я знать ничего не желаю об этом доме! Я и порог его переступать не хотела! — проговорила я, стараясь не сорваться на крик. — Я хотела сопровождать тебя, быть рядом с тобой в твоей борьбе, быть в числе тех, кто рискует первым. Неужели ты не понимаешь? Ты возвратил мне веру!

Солнце передвинулось, и его лучи освещали стены пещеры. Но теперь эта красота уже мало что значила.

Бог спрятал преисподнюю посреди рая.

— Ты не понимаешь, — заговорил он, и глаза его молили о том, чтобы я поняла. — Ты не понимаешь, какой это риск.

— Но ведь тебя он делает счастливым!

— Да. Но это *мой* риск.

Я попыталась было перебить его, но, не слыша меня, он продолжал:

— И вот вчера я попросил Пречистую Деву свершить чудо. Я попросил, чтобы Она лишила меня моего дара.

Я не поверила своим ушам.

— У меня есть немного денег, есть опыт, обретенный в моих бесчисленных странствиях. Купим дом, я найду работу и буду служить Богу, как служил Иосиф — со всем смирением безымянного. Мне не нужны больше чудеса, чтобы сохранить мою веру. Мне нужна ты.

Ноги у меня стали ватными, как перед обмороком.

— И вот в ту минуту, когда я обратился к Пречистой с этой молитвой, во мне зазвучали голоса на неведомых языках, и я услышал: «Обопрись руками о землю. Твой дар покинет тебя и вернется в лоно Матери».

— Но ты не сделал этого? — в ужасе спросила я.

— Сделал. Я сделал то, что велел мне осенивший меня Святой Дух. Туман начал рассеиваться, и меж горных вершин вновь заблистало солнце. Я почувствовал, что Пречистая меня поняла — она ведь тоже сильно любила.

— Но она последовала за своим мужем! И одобрила деяния сына!

— У нас нет Ее силы, Пилар. Мой дар перейдет другому — он не пропадет втуне.

Вчера из бара я позвонил в Барселону и отменил лекцию. Едем в Сарагосу — там у тебя много знакомых, легче будет начать оттуда. Я быстро найду работу.

Думать я была уже не в состоянии.

— Пилар!

Но я уже шла по тоннелю обратно, и теперь мне уже не на кого было опереться, и некому было вести меня, и следом за мной шла тысячная толпа — обреченные на смерть больные, обреченные на страдания семьи, несотворенные чудеса, не украсившие мир улыбки, горы, которым суждено навсегда остаться на прежнем месте.

Я ничего не видела, кроме почти физически плотной тьмы, надвигавшейся со всех сторон.

Пятница, 10 декабря 1993

На берегу Рио-Пьедра села я и заплакала. Смутны, расплывчаты были мысли, проплывавшие в моей голове в ту ночь, и сейчас мне трудно припомнить, о чем я думала тогда. Понимаю лишь, что смерть была совсем рядом — но лица ее не помню, куда она вела меня — не знаю.

А мне хотелось бы припомнить ее — для того, чтобы исторгнуть ее из своего сердца. Но не могу. Все кажется сном, начиная с той минуты, когда я вышла из темного тоннеля и лицом к лицу встретилась с миром, на который тоже опустилась тьма.

Ни единой звездочки на небе. Смутно припоминается, как добрела до машины, взяла с сиденья рюкзак, зашагала неведомо куда. Наверно, добралась до шоссе, стала ловить попутную машину до Сарагосы — и безуспешно. В конце концов вернулась в монастырские сады.

Вездесущим, всепроникающим был шум воды — водопады были везде, и я ощущала присутствие Великой Матери, следовавшей за мной повсюду, куда бы я ни шла. Она ведь тоже любила мир и любила его так же сильно, как Бога, ведь Она отдала Своего сына, чтобы люди принесли его в жертву. Но знала ли Она, что такое любовь женщины к мужчине?

Может быть, и Она страдала из-за любви, но это была другая любовь. Ее великий Супруг знал все и творил чудеса. Ее земной супруг был смиренным и работящим, верившим во все, что рассказывали Ей Ее сны. Ей не довелось узнать, что такое бросить возлюбленного мужчину или быть брошенной им. Когда Иосиф, узнав о Ее беременности, хотел выгнать Ее из дому, Небесный Супруг немедля отправил к нему ангела, чтобы воспрепятствовать этому намерению.

Да, сын оставил Ее. Но дети всегда уходят из отчего дома. Легко переносить страдания ради любви к ближнему, ради любви к человечеству или ради любви к сыну. Эти страдания создают ощущения твоей причастности к жизни, и муки твои — благородны и величественны. Легко переносить страдания ради высокой цели, во исполнение предназначения — эти страдания возвеличивают душу страждущего.

Но как объяснить и оправдать, что страдаешь по мужчине? Да никак. Это невозможно. И мы оказываемся в аду, ибо нет в этих страданиях ни величия, ни благородства, а что же есть? Ничего нет. Одна беда.

В ту ночь я припала к заледенелой земле, и холод будто заморозил мою боль. Иногда возникала мысль: не найду пристанище — замерзну. Ну и что? Все самое важное в моей жизни щедро было дано мне за одну неделю — дано и тотчас отнято, отнято так быстро, что я и ахнуть не успела.

Меня трясло в ознобе, но я не обращала на это внимания. Придет минута — и тело мое, истратив все силы на попытки согреть меня, остановит все жизненные процессы, замрет, и я ничего уже не смогу сделать. И тогда тело вернется к своему обычному спокойствию, а смерть примет меня в объятия.

Больше часа била меня дрожь. И пришло умиротворение.

Перед тем как закрылись глаза, в ушах моих зазвучал голос матери. Она рассказывала историю, которую я слышала в детстве, не подозревая, что история эта — про меня.

«Жили-были юноша и девушка, и полюбили они друг друга, — не то в предсмертном забытьи, не то во сне говорил мамин голос. — И решили они пожениться. А жених и невеста всегда делают друг другу подарки.

Юноша был беден: единственным его достоянием были часы, доставшиеся ему по наследству от деда. И вот он решил продать их, а на вырученные деньги купить своей возлюбленной, у которой были очень красивые волосы, серебряный гребень.

А у девушки тоже не было денег на подарок жениху. И тогда пошла она в лавку самого богатого в городе купца и продала свои волосы. Получив деньги, купила она золотую цепочку для часов.

И когда встретились они в день свадьбы, невеста подарила жениху цепочку для часов, которые он продал, а жених невесте — гребень для волос, которые она остригла».

Я очнулась оттого, что меня трясли и расталкивали.

— Выпей! — услышала я мужской голос. — Выпей скорее!

Я не понимала, что происходит, и не могла противиться. Человек разжал мне зубы и влил в рот какую-то жидкость, обжегшую мне нутро. Я заметила, что, оставшись в одной рубашке, он укутал меня своей курткой.

— Пей, пей! — требовал он.

И я повиновалась. А потом снова закрыла глаза.

Очнулась в монастыре. Какая-то женщина смотрела на меня.

— Вы чуть было не погибли, — сказала она. — Если бы не монастырский сторож, вас бы уже и на свете не было.

Я с трудом поднялась на ноги, не вполне сознавая, что делаю. Припомнила кое-что из вчерашнего и пожалела, что сторож этот оказался поблизости.

Но время для смерти было упущено. Мне предстояло жить.

Женщина отвела меня на кухню, налила кофе, положила на тарелку какой-то еды. Она ни о чем не спрашивала, а я ничего не стала объяснять. Когда я поела, она протянула мне мой рюкзак.

— Проверь, все ли на месте.

— Наверняка. Да там и нет ничего особенного.

— У тебя впереди — жизнь, доченька. Долгая жизнь. Позаботься о ней.

— Где-то здесь есть городок с церковью, — сказала я, перебарывая желание расплакаться. — Вчера, перед тем, как прийти сюда, я зашла в эту церковь вместе с... — и запнулась, не зная, как назвать его. — ...с другом детства. Мне надоело ходить по церквам, но тут зазвонили колокола, и он сказал, что это знамение и нам надо зайти.

Женщина заново наполнила мою чашку, налила и себе и присела рядом, слушая мой рассказ.

— И мы вошли. Там было пусто и темно. Я пыталась определить, в чем же было знамение, но видела только обычный алтарь да статуи святых. Внезапно где-то наверху, где помещается орган, возникло какое-то движение.

Оказалось, что там, на хорах, несколько мальчиков с шестиструнными гитарами принялись настраивать инструменты. Мы решили присесть и немного послушать, а потом вновь пуститься в путь.

Чуть погодя к нам присоединился какой-то человек. Он был весел и кричал мальчикам, чтобы сыграли пасодобль.

— Надеюсь, они этого не сделали! — сказала женщина. — Пасодобли играют на бое быков.

— Не сделали. Но засмеялись и сыграли фламенко. Нам с моим другом все это показалось чудом — уютная темнота церкви, звон гитарных струн и этот весельчак, присевший с нами рядом.

Мало-помалу церковь заполнялась прихожанами. Музыканты продолжали играть фламенко, и все входившие улыбались, захваченные ритмом мелодии.

Мой друг спросил, буду ли я слушать мессу — скоро должна была начаться служба. Я отказалась, потому что нам предстоял еще долгий путь. Мы решили выйти, но сначала поблагодарить Господа за то, что в наших жизнях было еще одно прекрасное мгновение.

Подойдя к дверям, мы заметили, что очень много народа — чуть ли не все обитатели этого маленького городка — направляются к церкви. Я подумала, что это, быть может, последний целиком католический город в Испании — оттого, наверное, что мессы здесь проходят так весело и оживленно.

Садясь в машину, мы увидели траурный кортеж. Несли на руках гроб. Готовилось отпевание. Когда похоронная процессия вошла в двери храма, музыканты оборвали мелодию фламенко и заиграли реквием.

— Господи, упокой душу усопшего раба твоего, — перекрестясь, сказала женщина.

Я сделала то же и продолжала:

— Вот это и было знамением. Нам было возвещено, что конец всякой истории неизменно печален.

Женщина взглянула на меня и ничего не сказала. Потом вышла и тут же вернулась со стопкой бумаги и ручкой.

— Пойдем-ка наружу.

Мы вышли. Рассветало.

— Дыши глубже, — попросила она. — Пусть утренняя свежесть проникнет в твои легкие, разбежится по крови. Ты вчера чудом осталась жива.

И судя по всему, ты и сама не понимаешь смысл той истории, которую только что мне рассказала. Ты увидела лишь ее печальный конец и забыла те счастливые мгновения, что были в церкви. Забыла, как показалось тебе — небеса спускаются на землю. Забыла, как думала — хорошо проживать все эти мгновения вместе и рядом с... — она помедлила и договорила, улыбнувшись и подмигнув: — ...твоим другом детства. Помнишь слова Иисуса: «Пусть мертвые хоронят своих мертвецов». Ибо Он знал, что смерти нет. Жизнь была до того, как мы появились на свет, и пребудет после того, как мы этот свет оставим.

У меня на глаза навернулись слезы.

— И то же самое происходит и с любовью, — продолжала она. — Она существовала раньше и будет существовать вечно.

— Мне кажется, вы знаете мою жизнь, — сказала я.

— У всех любовных историй — много общего. И мне в свое время пришлось пройти через это. Но я этого не помню. Помню, что любовь воскресла и вернулась в облике другого человека, новых надежд, новой мечты.

Она протянула мне бумагу и ручку.

— Напиши все, что чувствуешь. Извлеки эти чувства из своей души, излей их на бумагу, а потом выбрось. Легенда гласит, будто в Рио-Пьедра такая холодная вода, что все, попадающее в воды этой реки, — листья, насекомые, птичьи перья — со временем превращается в камни, устилающие ее русло. Как знать, может быть, полезно будет бросить в стремнину и страдание?

Она поцеловала меня и сказала, что, если захочу, могу вернуться к обеду.

— Не забудь! — крикнула она мне вслед. — Любовь пребудет вечно. Меняются возлюбленные.

Я засмеялась, она помахала мне рукой.

Я долго глядела на реку. Плакала до тех пор, пока не почувствовала — слезы иссякли.

И тогда я начала писать.

ЭПИЛОГ

День, и другой, и третий я писала. Каждое утро приходила я на берег реки. Ближе к вечеру появлялась та женщина и, взяв меня за руку, уводила к себе — в свою келью в старом монастыре.

Она стирала мою одежду, готовила немудрящий ужин, говорила о пустяках, укладывала меня спать.

Однажды утром, когда работа моя близилась к завершению, я услышала — подъехал автомобиль. Сердце мое замерло, потом заколотилось, но я не хотела верить тому, что оно говорило мне. Я уже чувствовала себя свободной от всего, я была готова вернуться в мир и снова стать его частью.

Самое трудное уже минуло, оставив по себе светлую печаль.

Но сердце не обмануло меня. Не поднимая глаз от рукописи, я ощутила присутствие, услышала его шаги.

— Пилар, — произнес он, садясь рядом.

Я не отозвалась. Продолжала писать, но мысли уже разбредались, и собрать их мне было не под силу. Сердце билось, трепыхалось так, словно хотело выскочить из груди, кинуться ему навстречу. Но я не пускала.

Он сидел, глядя на реку, а я без остановки водила пером по бумаге. Так прошло все утро — никто из нас не произносил ни слова, — и я вспомнила безмолвие той ночи у колодца, когда мне внезапно открылось — я люблю его.

Руку свело от усталости, и я остановилась. Тогда он сказал:

— Когда я вышел из пещеры, было уже темно, и я потерял тебя из виду. Поехал в Сарагосу. Потом — в Сорию. Я исколесил бы весь мир, отыскивая тебя. Вернулся в монастырь Пьедра и тут встретил женщину. Она сказала мне, где ты. И добавила, что все эти дни ты меня ждала.

Слезы выступили у меня на глазах.

— Я останусь рядом с тобой, пока ты будешь сидеть здесь на берегу. А когда пойдешь спать — лягу у порога. А если уедешь в дальние края — последую за тобой.

Так будет до тех пор, пока ты не скажешь: «Уходи». Тогда я уйду. Но все равно буду любить тебя всю жизнь.

Я уже не могла скрывать слезы. Он тоже плакал.

— Хочу, чтобы ты знала... — начал он.

— Не говори ничего. Вот, прочти, — ответила я и протянула ему стопку исписанных листков.

Весь день до вечера я смотрела на реку. Женщина принесла нам бутерброды и вина, сказала что-то насчет погоды и снова оставила нас наедине. Не раз он прерывал чтение и в глубокой задумчивости устремлял невидящий взгляд к горизонту.

Мне захотелось пройтись по лесу, взглянуть на маленькие водопады, на склоны гор — каждый из них хранил свою легенду, каждый был исполнен тайного смысла. На заходе солнца я вернулась туда, где оставила его.

— Спасибо, — произнес он, протягивая мне рукопись. — И прости.

На берегу Рио-Пьедра села я и улыбнулась.

— Твоя любовь спасла меня и возвратила к моим мечтам, — продолжал он.

Я продолжала сидеть молча и неподвижно.

— Помнишь псалом 137-й? — спросил он.

Я покачала головой. Мне было страшно размыкать уста.

— При реках Вавилона...

— Да-да, конечно, помню, — сказала я, чувствуя, что мало-помалу возвращаюсь к жизни. — Там говорится об изгнании. О людях, повесивших свои арфы на ветви деревьев, ибо не могли играть то, чего просило сердце.

— Но потом, отплакав, со светлой печалью вспомнив землю своих снов, псалмопевец обещает себе самому:

Если я забуду тебя, Иерусалим,
забудь меня десница моя.
Прилипни язык мой к гортани моей,
Если я забуду тебя, Иерусалим.

Он снова улыбнулся:

— Я уже начинал забывать это. Ты заставила меня вспомнить.

— Как ты думаешь — вернется к тебе твой дар? — спросила я.

— Не знаю. Но Господь всегда давал мне вторую попытку. Он дает мне тебя. И ты поможешь мне вновь обрести мой путь.

— Наш путь, — поправила я.

— Да, наш.

Он взял меня за руки, помог подняться с земли.

— Собери свои вещи. Едем. Сами собой мечты явью не станут.

Январь 1994 г.

Наши книги можно приобрести

Магазины в Киеве

«Эзотерика», пл. Славы,
ТЦ «Квадрат»/«Світ книги»,
тел. 531-99-68

«Мистецтво», ст. м. Крещатик,
ул. Крещатик 24, тел. 228-25-26

«Академкнига», ст. м.Университет,
ул. Богдана Хмельницкого 42,
тел. 224-01-07 (тел./факс), 224-51-42

Эзотерический магазин в Планетарии,
ст. м. Республиканский стадион,
ул. Красноармейская 57/3,
тел. 220-75-88

«Эра Водолея», ст. м. Льва Толстого,
ул. Бассейная 9-б,
тел. 235-34-78, 246-59-84 (тел./факс)

В других городах Украины

Харьков, «BOOKS», 61022,
ул. Сумская 51

Одесса, «Лотос Мира»,
ул. Дерибасовская 18,
тел. (0482) 37-27-65

Кривой Рог, «Флорида»,
ул. Харитонова 7

Магазины в Москве

«Библио-Глобус», ст. м. Лубянка,
ул. Мясницкая 6,
тел. 928-35-67, 924-46-80

«Молодая гвардия», ст. м. Полянка,
ул. Б.Полянка 28, тел. 238-50-01

«Путь к себе», ст. м. Белорусская,
Ленинградский пр. 10а,
тел. 257-39-87

«Белые облака», ст. м. Китай-город,
ул. Покровка 3, тел. 921-61-25

«Москва», ст. м. Тверская,
ул. Тверская 8, тел. 229-64-83

В других городах России

С.-Петербург, В. О. 15-я линия, д. 28
литер Г, тел./факс (812) 327-72-37

С.-Петербург, «Роза Мира»,
ст. м. Технологический институт,
6-я Красноармейская ул. 25,
тел. (812) 146-87-36, 310-51-35

Томск, «Букинист», пер. Батенькова 5,
тел. (3822) 22-49-23

Уфа, «Странник»,
ул. Социалистическая 23,
тел. (3472) 23-37-84

Новосибирск, «Топ-книга»,
ул. Арбузова 111,
тел. (3832) 36-10-26, 36-10-27

Волгоград, «Техническая книга»,
ул. Мира 11, тел. (8442) 36-35-97

Ростов-на-Дону, «Баро-пресс»,
тел. (8632) 62-33-03

Иркутск, «Продалитъ»,
тел. (3952) 51-30-70, 59-13-70

Ессентуки, ООО «Россы»,
ул. Октябрьская 424,
тел. (86534) 6-93-09

Хабаровск, «Дело», тел. (4212) 34-77-39

Брянск, «Логос», тел. (0832) 44-68-27

Нальчик, «Книжный магазин №11»,
ул. Захарова 103,
тел. (66622) 5-52-01

Минск, «Маккус»,
тел. (0172) 61-69-08, 76-58-58

Литературно-художественное издание

ПАУЛО КОЭЛЬО
На берегу Рио-Пьедра села я и заплакала

Перевод *А. Богдановский*

Редактор *И. Старых*

Корректоры *Е. Введенская, Т. Зенова, Е. Ладикова-Роева*

Оригинал-макет *Т. Петушкова*

Художник *В. Ерко*

Подписано к печати 28.01.2003 г. Формат 70×100/32.
Бумага офсетная № 1. Гарнитура "Академическая".
Усл. печ. лист. 9,10. Зак. 9166.
Цена договорная. Тираж 200 000 экз.

Отпечатано в полном соответствии
с качеством предоставленных диапозитивов
в ОАО «Можайский полиграфический комбинат».
143200, г. Можайск, ул. Мира, 93.

Издательство "София",
03049, Украина, Киев-49, ул. Фучика, 4, кв. 25

ООО Издательский дом «София»,
109028, Россия, Москва, ул. Воронцово поле, 15/38, стр. 9
Свид-во о регистрации № 1027709023759 от 22.11.02
тел. (095) 261-80-19; 105-34-28

Отделы оптовой реализации издательства «*СОФИЯ*»
в Киеве: (044) 230-27-32, 230-27-34
в Москве: (095) 261-80-19
в Санкт-Петербурге: (812) 327-72-37
Книга-почтой
в России: тел.: (095) 476-32-52, e-mail: esoterikos@mtu-net.ru
в Украине: тел.: (044) 513-51-92, 01030 Киев, а/я 41,
e-mail: postbook@i.com.ua, http://www.sophya.com.ua